Escritos Subversivos

Por

Jonathan Swift

LA POLÉMICA

BICKERSTAFF versus PARTRIDGE

I. PREDICCIONES PARA EL AÑO 1708 EN LAS CUALES EL MES, Y EL DÍA DEL MES SON PRECISADOS, LAS PERSONAS NOMBRADAS, Y LAS GRANDES ACCIONES Y EVENTOS DEL AÑO PRÓXIMO ESCRUPULOSAMENTE RELATADOS, TAL COMO VENDRÁN A SUCEDER. ESCRITAS PARA EVITAR QUE EL PUEBLO DE INGLATERRA SIGA SIENDO ENGAÑADO POR LOS VULGARES FABRICANTES DE ALMANAQUES.

POR ISAAC BICKERSTAFF, Esq.

John Partridge era el seudónimo de John Hewson, uno de los muchos astrólogos o «fabricantes de almanaques» que se enriquecían entonces (como hoy) gracias a la ignorancia de la gente. Pero el suyo fue un caso particular: rápidamente se convirtió en el protegido del rey Guillermo y en médico de la corte. En 1708, Swift —tanto por su odio a la ignorancia como por razones políticas— decidió demolerlo; la manera en que lo hizo constituye, al mismo tiempo que una de sus burlas más crueles, la demostración del poder casi mortífero de su literatura y de su inteligencia. Adoptando el seudónimo de Isaac Bickerstaff, astrólogo ficticio, publicó sus Predicciones para el año 1708, en las que anticipó la muerte de Partridge para el 29 de marzo. En la mañana del 30 de marzo los canillitas londinenses vocearon otro texto swiftiano: una Elegía por la muerte de Partridge, y pocos días después, la Carta a un Lord, en la cual un supuesto testigo imparcial narra los detalles de esa muerte. Pero Partridge era estúpido: en vez de callarse, se le ocurrió refutar a Swift, haciendo público el hecho de que no sólo estaba vivo, sino que también lo había estado el 29 de marzo. Entonces llegó el golpe fatal: la Vindicación. La burla se hizo célebre; amigos de Swift, como Pope, Congreve, Gay o Steele, tomaron parte en la «controversia» publicando anuncios en los que probaban o se condolían de la muerte del astrólogo. Fue el fin de Partridge. Casi se puede decir que Swift lo mató escribiendo.

La mejor crónica de este asunto la da John Nichols en la nota a su edición del Tatler, tomo V, 1786.

He considerado el enorme abuso que se hace de la Astrología en este Reino, y después de discutir el asunto conmigo mismo no podría, sensatamente, hacer recaer la culpa sobre el Arte, sino sobre esos grandes impostores que se las dan de artistas. Sé que algunos hombres instruidos han sostenido que todo el asunto es una farsa; que es absurdo y ridículo imaginar que las estrellas pueden ejercer alguna influencia sobre los actos, pensamientos e inclinaciones humanas. Quienes no hayan dirigido sus estudios en ese sentido pueden ser disculpados por pensar así, cuando ven de qué manera despreciable es tratado el noble Arte por unos pocos comerciantes insignificantes y analfabetos que median entre nosotros y las estrellas, y que traen cada año una pesada carga de insensatez, mentiras, locura e impertinencia, ofreciéndola al mundo como producción genuina de los planetas, aunque no descienden de una altura mayor que la de sus propios cerebros.

Tengo la intención de publicar en breve una extensa y racional Defensa de este Arte, y por consiguiente no diré nada más en su favor ahora; sólo que fue defendido en todas las edades por muchos hombres sabios, entre ellos el mismo Sócrates, a quien considero, sin duda alguna, como el más sabio de los mortales no inspirados. Si a esto agregamos que los que condenan este arte, aunque de algún modo instruidos, no se han aplicado al estudio de la materia en cuestión, o por lo menos, no han tenido éxito en su aplicación, sus testimonios no resultan de mucho peso, porque están expuestos a la obvia objeción de que condenan lo que no comprenden.

De ninguna manera me siento ofendido, ni creo ver un agravio para el arte, cuando contemplo que quienes comercian vulgarmente con él, los estudiantes de astrología, los Filomáticos, y el resto de esa tribu, son tratados por los hombres sensatos con el mayor escarnio y desprecio. Mas me sorprende ver que existen caballeros de provincias, bastante ricos para servir a la nación en el Parlamento, sumergidos en el almanaque de Partridge con el fin de descubrir los sucesos del año en el país y en el extranjero, sin atreverse a proponer una partida de caza hasta que Gadbury o Partridge hayan dado su pronóstico del tiempo.

Estoy dispuesto a aceptar que cualquiera de los dos que mencioné, u otros de su Fraternidad no sólo son Astrólogos, sino hasta Brujos, en caso de que yo no sea capaz de extraer de sus almanaques un centenar de ejemplos útiles para convencer a cualquier hombre cuerdo de que ellos no pueden siquiera comprender la gramática y la sintaxis comunes, de que son incapaces de emitir una palabra que supere el lugar común, y de que ni aun en sus Prefacios es posible descubrir el sentido común o un idioma inteligible. Por otra parte, sus comentarios y predicciones convienen perfectamente a cualquier época y país del mundo. «Este mes cierto personaje importante será amenazado por la muerte o la enfermedad». Esto está en los periódicos, porque en ellos encontramos, cada fin de año, que no pasa un mes sin que muera alguna persona de nota. Y sería muy difícil que sucediera de otro modo, cuando existen por lo menos dos mil personas de nota, muchas de ellas viejas, y el fabricante del almanaque goza la libertad de elegir la estación más malsana del año para instalar en ella sus predicciones.

Otra más: «Este mes, un eminente eclesiástico será el elegido». De estos eclesiásticos hay algunos centenares, la mitad de ellos con un pie en la tumba. Luego: «Tal planeta en tal signo anuncia grandes maquinaciones, tramas y conspiraciones, que a su debido tiempo serán traídas a luz». Tras lo cual, si algo se descubre, el astrólogo se lleva el honor; si no, su predicción siempre se conserva buena. Y por «Dios preserve al Rey Guillermo de todos sus enemigos declarados y secretos. Amén». Con lo que, si sucede que el rey muere, el astrólogo llanamente lo predijo; en caso contrario, todo queda como la piadosa exclamación de un súbdito leal. Aunque infortunadamente sucedió que uno de sus almanaques oró por la vida del pobre rey Guillermo durante varios meses después de su muerte, a causa de que el monarca murió a principios de año.

Pero, para no hablar más de sus impertinentes predicciones, ¿qué tenemos que hacer con sus anuncios de píldoras y brebajes para la enfermedad venérea, o con sus controversias en verso o en prosa sobre los whig y los tory tema con el que las estrellas tienen poco que ver?

Después de observar y lamentar largamente estos y otros cien abusos, demasiado tediosos para repetirlos, resolví actuar de un modo novedoso; no dudo de que resultará satisfactorio para todo el reino. Este año solo puedo ofrecer una muestra de lo que proyecto para el futuro porque dediqué la mayor parte de mi tiempo a ajustar y corregir los cálculos hechos en años pasados, pues es tan cierto como que estoy vivo, que yo no ofrecería al mundo nada de lo que no estuviera completamente satisfecho.

En los últimos dos años mis predicciones no fallaron más que en uno o dos puntos, y ninguno de ellos era muy importante. Predije con exactitud el fracaso de Tolón, con todos sus detalles, y la pérdida del almirante Shovell, aunque me equivoqué de día, ubicando ese accidente treinta y seis horas antes de la fecha real; pero tras revisar mis notas encontré rápidamente la causa del error. También predije la batalla de Almanza, dando con precisión el día, la hora, las pérdidas de ambos bandos y sus consecuencias. Y todo esto se lo mostré a algunos amigos muchos meses antes de que sucediera. Es decir, les di los papeles lacrados, para que los abrieran en un momento señalado, tras lo cual estaban en libertad de leerlos, allí encontraron que mis predicciones habían acertado en todos los puntos, excepto uno o dos de muy poca importancia.

En cuanto a las pocas predicciones que ahora ofrezco al mundo, me abstuve de publicarlas hasta que leí cuidadosamente los distintos almanaques para el año en que ahora entramos. Los encontré a todos en el estilo acostumbrado, y pido al lector que compare sus estilos con el mío. Y aquí me voy a jugar, diciéndole al mundo que pongo todo el crédito de mi arte sobre la verdad de estas predicciones. Y no me quejaré de que Partridge y el resto de su banda me denuncien como farsante e impostor si fracaso en un solo punto. Espero que todo hombre que lea lo que sigue me acordará tanta honestidad y discernimiento, por lo menos, como a un fabricante vulgar de almanaques. Yo no acecho en la oscuridad; no soy del todo desconocido en el mundo; he puesto mi nombre al pie para que la Humanidad lo haga objeto de infamia, si descubre que la he defraudado.

Una cosa se me debe perdonar: que hable con la mayor cautela de los asuntos internos; sería imprudente y peligroso para mi persona descubrir secretos de Estado. Pero en los asuntos minúsculos, que carecen de repercusión pública, me mostraré muy liberal; y estos servirán tanto como los otros para mostrar la verdad de mis deducciones. En cuanto a los eventos más notables de Francia, Flandes, Italia y España, no tendré ningún escrúpulo en predecirlos con toda franqueza; algunos son importantes, y espero errar pocas veces el día en que sucederán. De modo que me parece bien informar al lector que siempre haré extenso uso del viejo estilo observado en Inglaterra, al que deseo que comparen con el de los periódicos en el momento en que estos relaten las acciones que menciono.

Debo agregar una palabra más. Sé que algunos eruditos que tienen buena opinión del auténtico arte de la astrología, opinan que los astros sólo influyen sobre los actos y deseos de los hombres, sin forzarlos. Y que, por consiguiente, aunque no hayan aplicado las reglas estrictas, no puedo prudentemente asegurar con tanta confianza que los sucesos se producirán de acuerdo con mis predicciones.

Creo haber considerado detenidamente esta objeción, que en algunos casos no es de poco peso. Por ejemplo, un hombre puede, por la influencia de un planeta predominante, sentirse dispuesto o inclinado hacia la concupiscencia, la cólera y la avaricia y, sin embargo, por la fuerza de la razón, superar esa influencia maligna; tal fue el caso de Sócrates. Pero, como generalmente los grandes eventos del mundo dependen de muchos hombres, no se puede esperar que todos se unan para enfrentar sus inclinaciones, porque persiguen un designio general acerca del cual coinciden unánimemente. Además, la influencia de los astros alcanza a muchas acciones y sucesos que no están de ningún modo bajo el poder de la razón, como la enfermedad, la muerte, y lo que vulgarmente llamamos accidentes, así como otros que no hace falta repetir.

Pero ya es hora de iniciar mis predicciones, que empecé a calcular desde el momento en que el Sol entra en Aries, ya que este me parece el comienzo del año natural. Las continué hasta el momento en que entra en Libra, o poco más, que es la época más activa del año. El resto todavía no lo he precisado, a causa de varios impedimentos que no hace falta mencionar aquí. Además, debo señalar otra vez al lector que esto es solo una muestra de lo que pienso tratar más extensamente en años venideros, si tengo libertad y coraje.

Mi primera predicción no es más que una bagatela, pero la mencionaré para demostrar qué ignorantes se muestran esos embotados pretendientes a astrólogos en lo que a ellos mismos les incumbe. Me refiero a Partridge, el fabricante de almanaques. Consulté la estrella de su nacimiento según mis propias reglas, y me encontré con que él morirá infaliblemente el próximo 29 de marzo, hacia las once de la noche, de una fiebre rabiosa; de modo que le aconsejo que lo tenga en cuenta, y arregle sus asuntos a tiempo.

El mes de abril se destacará por la muerte de muchos personajes importantes. El 4 morirá el cardenal de Noailles, arzobispo de París. El 11, el joven príncipe de Asturias, hijo del duque de Anjou. El 14 un gran par de este reino morirá en su casa de campo. El 19, un viejo abogado, muy famoso por su erudición. Y el 23, un eminente orfebre de Lombard Street. Podría citar a otros, tanto del país como del extranjero, si no lo considerara de muy poca utilidad e instrucción para el lector o para el mundo.

En cuanto a los asuntos públicos: el 7 de este mes estallará una insurrección en Dauphine, ocasionada por la opresión contra el pueblo, que no será dominada durante algunos meses.

El 15 habrá una violenta tormenta en la costa sudeste de Francia, que destruirá muchas de sus naves, algunas en el mismo puerto.

El 19 será famoso por la revuelta de toda una provincia o reino —de la que se mantendrá apartada una ciudad—, gracias a la cual los asuntos de cierto príncipe de la Alianza se verán de mejor color.

Mayo, contra las conjeturas ordinarias, no será un mes muy movido en Europa, pero lo hará muy importante la muerte del Delfín, que se producirá el 7, tras una breve enfermedad, y dolorosos tormentos al emitir la orina. Su muerte será menos lamentada por la corte que por el reino.

El 9, un mariscal de Francia se quebrará la pierna al caerse de su caballo. No he sido capaz de descubrir si luego morirá o no.

El 11 comenzará un importantísimo sitio, que atraerá las miradas de toda Europa. No puedo ser más explícito, porque en lo que se refiere a asuntos concernientes tan de cerca a los Aliados, y en consecuencia a este reino, me veo forzado a confinarme en mí mismo, por varias razones muy obvias para el lector.

El 15 llegarán noticias de un suceso muy sorprendente, más inesperado de lo que cualquier otro podría serlo.

El 19 tres nobles damas de este Reino aparecerán encintas contra toda expectativa, para gran alegría de sus maridos.

El 23 un bufón famoso morirá de muerte ridícula, conveniente a su vocación.

Junio. Este mes se distinguirá en el país por el desbande final de esos ridículos fanáticos alucinados, llamados comúnmente los Profetas; desbande provocado por la llegada del momento en que muchas de sus profecías deberían cumplirse, pero se ven escarnecidas por sucesos contrarios. Realmente es de admirar que haya impostores tan ineficaces como para predecir hechos tan inmediatos, sabiendo que unos pocos meses bastarán para descubrir su impostura ante el mundo. En este punto, son menos prudentes que los fabricantes de almanaques, quienes se muestran lo bastante sabios para delirar con vaguedad y manifestarse dubitativamente, dejando al lector la tarea de interpretar.

El 1° de este mes, un general francés será muerto por una bala perdida.

El 6 estallará un incendio en los suburbios de París, y destruirá cerca de un millar de casas. Y parecerá un presagio de lo que va a suceder, para sorpresa de toda Europa, hacia el final del mes siguiente.

El 10 será librada una gran batalla, que comenzará a las cuatro de la tarde y se prolongará hasta las nueve de la noche con gran obstinación, pero sin que se produzca un hecho decisivo. El lugar no lo puedo nombrar, por las razones antedichas; pero los comandantes de cada ala izquierda morirán. Veo las hogueras, y oigo el ruido de los cañones, en honor de la victoria.

El 14 se dará un informe falso sobre la muerte del rey de Francia.

El 20, el cardenal Portocarrero morirá de disentería de manera muy sospechosa. Pero el informe sobre su intención de rebelarse contra el rey Carlos resultará fraguado.

Julio. El 6 de este mes cierto general recobrará, mediante una acción gloriosa, la reputación perdida por anteriores infortunios.

El 12, un gran comandante morirá prisionero en manos de sus enemigos.

El 14 se efectuará el bochornoso descubrimiento de un jesuita francés envenenando a un gran general extranjero. Torturado, el jesuita hará maravillosas revelaciones.

En resumen, este resultaría un mes muy movido, si yo tuviera libertad para contar los detalles.

En el país, un viejo y famoso senador morirá el día 15 en su casa de campo, estropeado por la edad y las enfermedades.

Pero lo que hará a este mes memorable para siempre, es la muerte del rey francés Luis XIV, tras una semana de enfermedad en Marli. Tendrá lugar el 29 a eso de las seis de la tarde. Parece que será consecuencia de la gota en su estómago, seguida por una diarrea. Tres días después, Monsieur Chamillard seguirá a su señor, muriendo repentinamente de apoplejía.

También en este mes, un embajador morirá en Londres, pero no puedo especificar el día.

Agosto. Por un tiempo, los asuntos de Francia parecerán estables, bajo la administración del duque de Burgundy; pero la desaparición del genio que animaba la máquina será causa de importantes vuelcos y revoluciones durante el año siguiente. El nuevo rey hará pocos cambios en la Armada o el Ministerio, pero los libelos contra su abuelo que circularán en la corte le traerán desasosiego.

Este mes, un joven almirante de noble cuna ganará honor eterno por una gran hazaña.

Los asuntos de Polonia están completamente calmos: Augusto resigna sus pretensiones, que había vuelto a animar durante algún tiempo; Estanislao se apodera pacíficamente del trono, y el rey de Suecia se manifiesta a favor del emperador.

No puedo omitir un accidente particular que se producirá aquí: a fin de este mes se hará mucho barullo en Bartholomew Fair por la caída de una barraca.

Setiembre. Este mes se inicia con una ola de frío muy sorprendente, que durará unos doce días.

El Papa, que languideció todo el mes anterior por la tumefacción de sus piernas y la mortificación de su carne, morirá el día 11; tras un lapso de tres semanas, y después de un dilatado debate, será sucedido por un cardenal de la facción imperial, pero nativo de Toscana, que tiene ahora unos sesenta y un años.

El ejército francés actúa ahora totalmente a la defensiva, firmemente fortificado en sus trincheras, y el joven rey de Francia envía propuestas para un tratado de paz mediante el duque de Mantua. De esto, por tratarse de un asunto de Estado que no nos concierne, no hablare más.

Sólo agregaré otra predicción, y ésta en términos misteriosos extraídos de Virgilio.

Alter erit tum Tiphys, et altera, quoe vehat,

Algo,

Delectos heroas.

El vigésimo quinto día de este mes, el cumplimiento de esta predicción será un hecho para todos.

Hasta aquí he llegado en mis cálculos para el presente año. No pretendo que estos sean todos los grandes sucesos que se producirán en este período, pero sostengo que aquellos que señalé se cumplirán infaliblemente. Se me objetará, tal vez, que no haya hablado con más detalle de los asuntos del país, o de los éxitos de nuestros ejércitos en el extranjero, lo que podría haber hecho con gran amplitud.

Pero quienes están en el poder han desalentado sabiamente a los hombres de entrometerse en los intereses públicos, y he resuelto no defenderlos de ninguna manera. Esto me aventuraré a decir que será una gloriosa campaña para los Aliados, en la que las fuerzas inglesas, tanto de mar como de tierra, tendrán su completa parte de honor. Que Su Majestad la reina Ana continuará gozando de salud y prosperidad. Y que ningún accidente desgraciado castigará a persona alguna en el Ministerio Principal.

En cuanto a los singulares eventos que mencioné, el lector puede juzgar mediante su verificación si yo estoy en el mismo nivel de los astrólogos ordinarios que, en mi opinión, fueron soportados demasiado tiempo, con su abuso del mundo y su despreciable y antigua jeringoza astrológica. Solo que un médico honesto no debería ser despreciado porque existan cosas tales como los charlatanes. Creo tener cierta reputación, que no arriesgaría voluntariamente en un juego humorístico. Y creo que ningún caballero que lea este escrito lo considerará del mismo género y de la misma clase que los de los escribas que se encuentran todos los días en la calle. Mi fortuna me ha liberado de la obligación de escribir por unos peniques, que no valoro ni necesito. Por lo tanto, que ningún hombre instruido condene con demasiada precipitación este ensayo, realizado con la buena intención de cultivar y mejorar un arte antiguo que ahora está en desgracia porque cayó en manos mezquinas y torpes. Bastará un poco de tiempo para determinar si he engañado al público o a mí mismo; y no me parece irrazonable pedir que los hombres suspendan sus juicios hasta que ese tiempo transcurra. Yo también opiné alguna vez como aquellos que desprecian toda predicción astrológica; hasta que en 1686, un distinguido caballero me mostró escrito en su álbum, que el muy erudito astrónomo capitán Halley le había asegurado que jamás creería en la influencia de los astros, si no se producía una gran revolución en Inglaterra en el año 1688. Desde entonces empecé a pensar de otra manera, y después de dieciocho años de estudio diligente y aplicado, creo no tener motivo para arrepentirme de mis esfuerzos. No retendré al lector más tiempo que el necesario para hacerle saber que el informe que pienso dar a conocer sobre los sucesos de los años próximos se referirá a los principales asuntos europeos; y que si se me niega la libertad para ofrecerlos a mi propio país, apelaré al mundo intelectual, publicándolos en latín y haciéndolos imprimir en Holanda.

II. EL CUMPLIMIENTO DE LA PRIMERA DE LAS PREDICCIONES DE MR. BICKERSTAFF EL RELATO DE LA MUERTE DE MR. PARTRIDGE, EL FABRICANTE DE ALMANAQUES, EL 29 DEL CORRIENTE, EN UNA CARTA A UNA PERSONA DE HONOR. ESCRITO EN EL AÑO 1708

Mi Lord,

Obedeciendo las órdenes de Su Señoría, así como para satisfacer mi propia curiosidad, he estado investigando constantemente, durante los últimos días, a Partridge, el fabricante de almanaques, de quien se predijo, en la Predicciones de Mr. Bickerstaff, publicadas hace cerca de un mes, que moriría el 29 del corriente, hacia las once de la noche, de una fiebre rabiosa. Tuve alguna relación con él cuando estuve empleado en la Aduana, porque acostumbraba obsequiarme todos los años con su almanaque, como hacía con otros caballeros, para agradecer algún pequeño favor que le hicimos. Unos diez días antes de su muerte, me encontré con él por accidente una o dos veces, y observé que había empezado a decaer y languidecer mucho, aunque oí decir que sus amigos no lo consideraban en peligro. Hace dos o tres días cayó enfermo, y fue confinado primero en su cámara y después en su lecho, donde el doctor Case y la señora Kirleus fueron enviados para visitarlo y recetarlo. Al enterarme de esto envié tres veces por día a uno u otro sirviente para averiguar por su salud; y ayer, hacia las cuatro de la tarde, se me informó «que no había esperanza». Esto me decidió a visitarlo, en parte por conmiseración y en parte —lo confieso— por curiosidad. Me reconoció muy bien, pareció sorprenderse por mi condescendencia, y me hizo tantos cumplidos como podía, en el estado en que estaba. La gente que lo rodeaba decía que él «había delirado durante algunas horas», pero cuando yo lo vi, su entendimiento estaba tan bueno como lo conocí siempre, y hablaba con vigor y cordialidad, sin ninguna muestra de apremio ni incomodidad.

Una vez que le hube dicho «cuánto lamentaba verlo en esas melancólicas circunstancias», y de expresar algunas otras cortesías adecuadas a la ocasión, le pedí que «me dijera libre y francamente si las Predicciones publicadas por Mr. Bickerstaff, referentes a su muerte, no lo habían afectado demasiado y trabajado su imaginación». Confesó que «había pensado en ellas con frecuencia, pero nunca con mucha aprensión hasta unos quince días antes. A partir de aquel momento habían tomado posesión de su mente, y él creía que eran la verdadera causa de su enfermedad». «Porque —dijo— estoy completamente convencido, y por muy buenas razones, de que Mr. Bickerstaff habló al azar, y de que no sabe más sobre lo que sucederá este año de lo que yo mismo sé». Le dije que «sus palabras me sorprendían y que me alegraría si su estado de salud le permitiera explicarme cuál era la razón que lo había convencido de la ignorancia de Mr. Bickerstaff». Contestó: «Soy un pobre ignorante dedicado a un insignificante comercio, pero tengo la sensatez suficiente para saber que toda pretensión de predecir el futuro mediante la astrología es un fraude, por esta clara razón: que el sabio y el erudito, únicos capaces de saber si hay algo cierto en esa ciencia, coinciden unánimemente en reírse de ella y despreciarla. Y nadie sino los pobres, los ignorantes y el vulgo le conceden algún crédito, y esto sobre la palabra de necios despreciables como yo y mis discípulos, que apenas podemos leer o escribir». Entonces le pregunté «por qué no había calculado su propia Natividad, para ver si coincidía con la predicción de Bickerstaff».

Ante lo cual sacudió la cabeza y dijo: «¡Oh, señor! Este no es momento para burlarse, sino para arrepentirse de esas tonterías, como hago ahora desde el fondo de mi corazón». «De esto puedo colegir —dije yo— que las observaciones y predicciones que usted imprimía en sus almanaques no eran otra cosa que engaños al público». Replicó: «Si fueron otra cosa yo soy el menos indicado para contestarlo. Para estas cosas tenemos un método común. En lo que se refiere a la predicción del tiempo, nunca nos metemos con eso: lo dejamos a cargo del impresor, que lo toma de un almanaque antiguo, a su gusto; lo otro es de mi propia invención, para hacer que mi almanaque se venda, ya que tengo una esposa que mantener y ningún otro medio para ganarme el pan; porque remendar zapatos viejos es un pobre medio de vida. Y —agregó suspirando— espero no haber hecho más daño con mi medicina que con mi astrología, aunque contaba con algunas buenas recetas de mi abuela y mis propias combinaciones fueron calculadas para que por lo menos no hicieran mal a nadie».

Cambié con él algunas otras palabras, que ahora no recuerdo; y temo que ya he fatigado a Vuestra Señoría. Sólo agregaré un detalle: que en su lecho de muerte se declaró un no conformista, y que tenía como guía espiritual a un predicador fanático. Después de media hora de conversación me retiré porque la estrechez de la habitación me tenía algo oprimido. Imaginé que él no podía durar mucho, de modo que me dirigí a una pequeña cafetería cercana, dejando en la casa a un sirviente con orden de venir directamente a informarme, con la mayor precisión posible, el minuto exacto de la muerte de Partridge, que no tardó más de dos horas en llegar. Entonces, mirando mi reloj, vi que eran las siete y cinco pasadas; de lo cual surge con claridad que Mr. Bickerstaff se equivocó por casi cuatro horas en su cálculo. En los otros detalles se mostró bastante exacto. En cuanto a si causó la muerte de este pobre hombre al tiempo que la predijo, es cosa que razonablemente se puede discutir; pero hay que confesar que el asunto es bastante extraño, ya sea que lo expliquemos por medio de la casualidad o por el efecto de la imaginación. Por mi parte, aunque no creo que haya hombre con menos fe que yo en estas cosas, esperaré con alguna impaciencia y no sin expectación, el cumplimiento de la Segunda Predicción de Mr. Bickerstaff: que el Cardenal de Noailles va a morir el 4 de abril. Si esta muerte se verifica tan exactamente como la del pobre Partridge, debo confesar que me sentiré completamente sorprendido y que esperaré con toda seguridad el infalible cumplimiento de todas las demás.

III. UNA VINDICACIÓN DE ISAAC BICKERSTAFF, ESQ. CONTRA LO QUE LE ES OBJETADO POR MR. PARTRIDGE EN SU ALMANAQUE PARA EL AÑO 1709.

POR EL DICHO ISAAC BICKERSTAFF, Esq.

Mr. Partridge se ha complacido últimamente en tratarme de manera muy grosera en eso que es llamado su Almanaque para el presente año. Ese tratamiento es muy indecente entre caballeros, y no contribuye en absoluto al descubrimiento de la verdad, que debería ser el fin último en toda disputa entre hombres instruidos. Llamar a un hombre tonto y villano, y pícaro descarado, sólo porque difiere de él en un punto meramente especulativo, es, en mi humilde opinión, un comportamiento muy impropio de una persona de su educación. Yo apelo al mundo instruido para que diga si en mis predicciones he ofrecido la menor provocación para tan inmerecido tratamiento. Los filósofos han diferido en todas las épocas, pero los más discretos entre ellos han diferido siempre como corresponde a filósofos. La grosería y el apasionamiento no tienen nada que hacer en una controversia entre universitarios y son, en el mejor de los casos, la tácita confesión de una causa débil.

No me preocupo tanto por mi propia reputación como por la de la República de las Letras, a la que Mr. Partridge ha agraviado a través mío. Deseo que conozca la impresión causada en las Universidades extranjeras por su nada generoso procedimiento; pero soy demasiado cuidadoso de su reputación como para hacérsela conocer al público. Ese espíritu de envidia y engreimiento que infama a tanto genio en ciernes en nuestro país es todavía desconocido entre los profesores del extranjero. La necesidad de justificarme excusará mi vanidad cuando le diga al lector que he recibido cerca de cien cartas de diversos lugares de Europa (algunos tan lejanos como Moscú), que elogian mi actuación. Además de muchas otras que, según me han informado, fueron abiertas en la Oficina de C… y nunca me fueron entregadas.

Es cierto que la Inquisición de P……l tuvo a bien quemar mis predicciones y condenó a su autor y sus lectores; pero espero que se tendrá en cuenta el estado deplorable en que actualmente yace la cultura en aquel reino. Y con la más profunda veneración por las testas coronadas, agregaré que le concierne un poco a su Majestad de P……l interponer su protección en beneficio de un universitario y caballero, súbdito de una nación con la cual mantiene ahora una alianza tan estrecha.

Pero los otros reinos y estados de Europa me han tratado con mayor candor y generosidad. Si hubiera dejado imprimir todas las cartas en latín que me llegaron del extranjero, hubieran llenado un volumen y constituirían una defensa completa contra todo lo que Mr. Partridge y sus cómplices de la Inquisición de P……l fueran capaces de objetar. Ellos, dicho sea de paso, son los únicos enemigos que mis predicciones han encontrado en el país y en el extranjero. Pero creo conocer muy bien lo que merece el honor de una correspondencia entre eruditos, en materia tan delicada.

Sin embargo, algunas de esas personas ilustres me disculparán tal vez por transcribir uno o dos pasajes en mi propia vindicación.

El muy sabio Monsieur Leibnitz encabeza así su tercera carta: Illustrissimo Bickerstaffio Astrologico instauratori, &c. Monsieur le Clerc, comentando mis predicciones en un libro que publicó el año pasado dice: Ità nuperrimè Bickerstaffius magnum illud Anglæ fidus. Otro gran profesor, escribiendo acerca de mí, tiene estas palabras: Bickerstaffius, nobilis Anglus, Astrologorum hujusce Seculi facilè Princeps. El Signor Magliabecchi, célebre bibliotecario del Gran Duque, gasta casi toda su carta en cumplimientos y elogios. Es verdad que el renombrado profesor de Astronomía de Utrecht parece disentir conmigo en un punto; pero de la modesta manera que conviene a un filósofo: Pace tanti viri dixerim. Y en la página 55 parece culpar del error al impresor (como verdaderamente corresponde) y dice: Vel forsan error Typographi, sum alioquin Bickerstaffius vir doctissimus, &c.

Si Mr. Partridge hubiera seguido este ejemplo en la controversia entre nosotros, me habría evitado la molestia de justificarme en público. Creo que hay pocos hombres más dispuestos que yo a reconocer sus errores o a agradecer a aquellos que le informan sobre ellos. Pero parece que este caballero, en vez de estimular el progreso de su arte, prefiere considerar todo intento de esa naturaleza como una invasión de su territorio. Por cierto que ha sido lo bastante hábil para no hacer objeción contra la verdad de mis predicciones, excepto en un solo punto, que se refiere a él mismo. Y para demostrar cómo muchos hombres se ven enceguecidos por la parcialidad, aseguro solemnemente al lector que él es la única persona de quien yo haya escuchado nunca semejante objeción: creo que la conclusión correspondiente cae por su propio peso.

A pesar de los mayores esfuerzos, no he sido capaz de encontrar más de dos objeciones contra la verdad de mis profecías del año último. La primera fue de un francés, quien dijo al mundo que el Cardenal de Noailles estaba todavía vivo, no obstante la pretendida profecía de Monsieur Biquerstaffe. Pero ¿hasta qué punto se le puede creer, en un asunto que le concierne, a un francés, un papista y un enemigo, contra un inglés protestante y leal al gobierno? Un asunto que dejo resolver al lector cándido e imparcial.

La otra objeción es la infeliz ocasión de este discurso, y se refiere a una de mis profecías, que predecía la muerte de Mr. Partridge para el 29 de marzo de 1708. A esta él la contradijo absolutamente en el Almanaque que publicó para el presente año, y de manera tan indigna de un caballero (perdonando la expresión) como más arriba he relatado. En ese trabajo, él afirma muy claramente que no sólo está vivo ahora, sino que también estaba vivo el mismo 29 de marzo, fecha en que según mi predicción moriría. Este es el tema de la actual controversia entre nosotros, que pienso conducir con la mayor brevedad, perspicacia y tranquilidad. En esta disputa, lo sé muy bien, no sólo los ojos de Inglaterra, sino los de toda Europa, estarán sobre nosotros. Y no dudo de que los hombres cultos de todas las naciones tomarán partido del lado donde encuentren mayor apariencia de razón y verdad.

Sin entrar en criticismos cronológicos acerca de la hora de su muerte, me limitaré a probar que Mr. Partridge no está vivo. Y mi primer argumento es este: más de mil caballeros han comprado su Almanaque para este año, solamente para encontrar lo que dijo contra mí; y a cada línea que leen elevan los ojos y exclaman, entre rabia y risa, que seguramente ningún hombre vivo pudo escribir nunca un bodrio tan detestable como ese. Y nunca he oído esa opinión puesta en tela de juicio. De modo que Mr. Partridge está ante un dilema: o desconoce su almanaque o se reconoce a sí mismo como Ningún Hombre Vivo.

Segundo: la muerte es definida por todos los filósofos como una separación del Alma y el Cuerpo. Ahora bien, es cierto que la pobre mujer que tiene las mejores razones para saberlo ha estado dando vueltas durante algún tiempo por todas las calles de la vecindad jurando y chismeando que su marido no tiene vida ni alma en él. Por consiguiente, si un cadáver mal informado anda todavía por ahí, y se da el gusto de llamarse Partridge, Mr. Bickerstaff no se considera de ningún modo responsable por eso. Ni tiene dicho cadáver ningún derecho a golpear al pobre muchacho que pasa por la calle voceando: «¡Un informe completo y verdadero de la muerte del Dr. Partridge!».

Tercero: Mr. Partridge pretende decir la fortuna y recobrar los bienes robados, lo cual, afirma toda la parroquia, lo debe conseguir conversando con el diablo y otros malos espíritus. Y ningún hombre sabio aceptará nunca que él pueda conversar personalmente con alguno, hasta después de muerto.

Cuarto: Le probaré llanamente que está muerto mediante su propio Almanaque para este año, y a partir del mismo pasaje que ofrece para hacernos creer que está vivo. Allí él dice que no sólo está vivo ahora, sino que lo estaba también ese mismo 29 de marzo en que yo predije que moriría. Al decir esto, él declara su opinión de que un hombre que no estaba vivo hace doce meses puede estar vivo ahora. Ciertamente, aquí radica la sofistería de su argumento. Él sólo se arriesga a afirmar que estaba vivo aquel 29 de marzo, que está vivo ahora y que lo estaba ese día. Concedo lo último porque no murió hasta la noche, como nos lo dice el informe impreso de su muerte, en una Carta a un Lord. Y si desde entonces resucitó, es cosa que dejo que juzgue el mundo.

Quinto: Apelo al mismo Mr. Partridge para que piense si es probable que yo haya sido tan tonto como para iniciar mis predicciones precisamente con la única falsedad que se ha pretendido que hay en ellas; precisamente en un país donde había tantas oportunidades para ser exacto, y dando tanta ventaja contra mí a una persona del ingenio y la instrucción de Mr. Partridge, quien, si hubiese encontrado una sola objeción contra la verdad de mis profecías difícilmente me la hubiera evitado.

Y aquí debo aprovechar la ocasión para reprobar al ya mencionado redactor de la relación de la muerte de Mr. Partridge en una Carta a un Lord, quien me cargó con un error de dos horas completas en mi cálculo de ese suceso. Debo confesar que esa crítica, pronunciada con un aire de certeza, en un asunto que me concierne tan de cerca, y por un grave y juicioso autor, no me conmovió poco. Pero aunque yo estaba entonces fuera de la ciudad, varios de mis amigos, cuya curiosidad los condujo a estar exactamente informados (porque por mi parte, no teniendo ninguna duda, ni una vez pensé en el asunto) me aseguraron que me equivoqué en una hora y media. Lo cual (expreso mi propia opinión) no es un error de magnitud muy grande, como para que los hombres eleven un clamor a su respecto.

Existe una objeción contra la muerte de Mr. Partridge, con la que a veces me he encontrado, aunque muy escasamente ofrecida: que él continúa escribiendo almanaques. Pero esto no es más que lo que le sucede a todos los de esa profesión: Cadbury, el pobre Robin, Dove, Wing y varios otros, publican anualmente sus almanaques aunque algunos de ellos están muertos desde antes de la Revolución. La razón natural de esto consiste en que, mientras es privilegio de otros autores vivir después de sus muertes, los fabricantes de horóscopos son los únicos excluidos, porque sus disertaciones sólo tratan de los minutos que pasan, volviéndose cuando ellos se han ido. En consideración a esto, el tiempo, cuyos registradores ellos son, les da la oportunidad de continuar sus trabajos después de muertos. O, quizás, un hombre puede hacer un almanaque tan bien como puede venderlo. Para fortalecer esta conjetura, he oído afirmar a los libreros que ellos desearían que Mr. Partridge se evite mayores molestias y les envíe solamente su nombre, que podría hacer almanaques mucho mejor que él mismo.

No hubiera ofrecido al público, o a mí mismo, la molestia de esta vindicación, si mi nombre no hubiera sido usado por varias personas a las que nunca se lo presté. Una de ellas, hace pocos días, me adjudicó la paternidad de una nueva serie de predicciones. Pero me parece que esas son cosas demasiado serias para jugar con ellas. Me lastima el corazón ver que mis labores, que me costaron tantos pensamientos y desvelos, son voceadas por los pregoneros vulgares de Grubstreet, cuando yo solamente las destiné a la madura consideración de las personas más serias. Esto preocupó tanto en un comienzo, que muchos de mis amigos tuvieron el descaro de preguntarme si yo me estaba burlando. A lo que sólo contesté fríamente que los hechos lo mostrarían.

Pero es una virtud de nuestra época y de nuestro país, volver ridículas las cosas más importantes. Cuando el fin de año ha verificado todas mis predicciones, aparece el almanaque de Mr. Partridge discutiendo el punto de su muerte. De manera tal que me veo empleado del mismo modo que el general que se vio obligado a matar dos veces a sus enemigos, a quienes un necromántico resucitó. Si Mr. Partridge ha practicado ese experimento y está nuevamente vivo, puede continuar así por largo tiempo; eso no contradice en nada mi veracidad. Pero creo haber probado claramente, mediante una invencible demostración, que él murió, en último caso, con una hora de diferencia del momento que yo predije.

UNA MODESTA PROPOSICIÓN PARA EVITAR QUE LOS HIJOS DE LOS POBRES DE IRLANDA SEAN UNA CARGA PARA SUS PADRES O SU PAÍS Y PARA HACERLOS ÚTILES AL PÚBLICO.

Una modesta proposición, publicada en Dublín en 1729, es la sátira más cruel que se conozca y tal vez la mejor introducción a la obra de Swift. Con simulada inocencia y entonación burlonamente didáctica, Swift transforma el hambre, la miseria y la enfermedad de los hombres en un problema de ganadería, sometiendo a la sociedad a una humillación sin escapatoria. «El horror de la proposición —afirma D. W. Jefferson— puede ser formulado con impunidad en todos sus horribles detalles, porque es proporcionado al horror existente y permitido por el grupo social que representan, llanamente hablando, los lectores de Swift». Efectivamente, en la Inglaterra del siglo XVIII sólo un niño de cada cuatro sobrevivía hasta alcanzar la adultez. La indignación de Swift no bastó para mejorar la situación de ellos ni de sus padres, pero sí para erigir esta joya que inaugura una técnica reiterada por el humor negro: la de potenciar el horror presentándolo como si no lo fuera, con benevolente naturalidad.

Es un asunto melancólico para quienes pasean por esta gran ciudad o viajan por el campo, ver las calles, los caminos y las puertas de las cabañas atestados de mendigos del sexo femenino, seguidos de tres, cuatro o seis niños, todos en harapos e importunando a cada viajero por una limosna. Esas madres, en vez de hallarse en condiciones de trabajar por su honesto sustento, se ven obligadas a perder todo su tiempo en la vagancia, mendigando para sus infantes desvalidos que, apenas crecen, se hacen ladrones por falta de trabajo, o abandonan su querido país natal para luchar por el Pretendiente en España, o se venden en la Barbada.

Creo que todos los partidos están de acuerdo con que este número prodigioso de niños en los brazos, o sobre las espaldas, o a los talones de sus madres, y frecuentemente de sus padres, resulta en el deplorable estado actual del Reino un perjuicio adicional muy grande; y por lo tanto, quienquiera que encontrase un método razonable, económico y fácil para hacer de esos miembros cabales y útiles del estado, merecería tanto agradecimiento del público como para tener instalada su estatua como salvador de la Nación.

Pero mi intención está muy lejos de limitarse a proveer solamente por los hijos de los mendigos declarados: es de alcance mucho mayor y tiene en cuenta el número total de niños de cierta edad nacidos de padres que de hecho son tan poco capaces de mantenerlos como los que solicitan nuestra caridad en las calles.

En lo que a mí se refiere, habiendo volcado mis pensamientos durante muchos años sobre este importante asunto, y sopesado maduradamente los diversos planes de otros proyectistas, siempre los he encontrado groseramente equivocados en su cálculo. Es cierto que un recién nacido puede ser mantenido durante un año solar por la leche materna y poco por otro alimento, a lo sumo por un valor no mayor de dos chelines o su equivalente en mendrugos, que la madre puede conseguir ciertamente mediante su legítima ocupación de mendigar. Y es exactamente al año de edad que yo propongo que nos ocupemos de ellos de manera tal que en lugar de constituir una carga para sus padres o la parroquia, o de carecer de comida y vestido por el resto de sus vidas, contribuirán, por el contrario, a la alimentación, y en parte a la vestimenta, de muchos miles.

Existe, además, otra gran ventaja en mi plan: evitará esos abortos voluntarios y esa práctica horrenda, ¡cielos!, demasiado frecuente entre nosotros, de las mujeres que asesinan a sus hijos bastardos, sacrificando a los pobres inocentes bebés, creo que más por evitar los gastos que la vergüenza, práctica que arrancaría las lágrimas y la piedad del pecho más salvaje e inhumano.

El número de almas en este Reino se calcula usualmente en un millón y medio, de los que habrá aproximadamente doscientas mil parejas cuyas mujeres son fecundas. De ese número resto treinta mil parejas capaces de mantener a sus hijos, aunque temo que no pueda haber tantas bajo las actuales angustias del Reino; pero estando esto concedido, quedarán ciento setenta mil parideras. Resto nuevamente cincuenta mil por las mujeres que abortan, o cuyos hijos mueren por accidente o enfermedad antes de cumplir el año. Quedan sólo ciento veinte mil hijos de padres pobres que nacen anualmente. La cuestión es, entonces ¿cómo se educará y sostendrá a esta cantidad? Lo que, como ya he dicho, es completamente imposible, en la situación actual de los asuntos, mediante los métodos hasta ahora propuestos. Porque no podemos emplearlos ni en la artesanía ni en la agricultura: ni construimos casas ni cultivamos la tierra. Y ellos raramente pueden ganarse la vida mediante el robo antes de los seis años, excepto cuando están precozmente dotados; aunque confieso que aprenden los rudimentos mucho antes. Sin embargo, durante esa época sólo pueden ser considerados como aficionados; así me ha informado un caballero del condado de Cavan, quien me aseguró que nunca supo de más de uno o dos casos bajo la edad de seis, ni siquiera en una parte del Reino tan renombrada por su agilísima habilidad en ese arte.

Nuestros comerciantes me han asegurado que un muchacho o muchacha no es mercadería vendible antes de los doce y que aun cuando lleguen a esta edad no producirán más de tres libras o tres libras y media corona como máximo en la transacción, lo que ni siquiera puede compensar a los padres o al Reino el gasto de alimento y harapos, que ha alcanzado por lo menos cuatro veces ese valor.

Por consiguiente, propondré ahora con humildad mis propias reflexiones, que espero no se prestarán a la menor objeción.

Me ha asegurado un americano muy entendido que conozco en Londres, que un tierno niño saludable y bien criado constituye, al año de edad, el alimento más delicioso, nutritivo y comerciable, ya sea estofado, asado, al horno o hervido; y yo no dudo de que servirá igualmente en un fricasé o un guisado.

Por lo tanto, propongo humildemente a la consideración del público que de los ciento veinte mil niños ya anotados, veinte mil sean reservados para la reproducción; de estos, sólo una cuarta parte serán machos, lo que ya es más de lo que permitimos a las ovejas, los vacunos y los puercos. Mi razón consiste en que esos niños raramente son frutos del matrimonio, una circunstancia no muy venerada por nuestros rústicos. En consecuencia, un macho será suficiente para servir a cuatro hembras. De manera que los cien mil restantes pueden, al año de edad, ser ofrecidos en venta a las personas de calidad y fortuna del Reino, aconsejando siempre a las madres que los amamanten copiosamente durante el último mes, a fin de ponerlos regordetes y mantecosos para una buena mesa. Un niño hará dos fuentes en una comida para los amigos, y cuando la familia cene sola, el cuarto delantero o trasero constituirá un plato razonable. Hervido y sazonado con un poco de pimienta o de sal, resultará muy bueno hasta el cuarto día, especialmente en invierno.

He calculado que, término medio, un recién nacido pesará doce libras, y en un año solar, si es tolerablemente criado, alcanzará las veintiocho.

Concedo que este manjar resultará algo costoso, y será, por lo tanto, muy adecuado para terratenientes, que como ya han devorado a la mayoría de los padres, parecen acreditar los mejores títulos sobre los hijos.

Carne de niño habrá todo el año, pero más abundantemente en marzo, y un poco antes y después, porque nos informa un grave autor, eminente médico francés, que siendo el pescado una dieta prolífica, en los países católicos romanos nacen muchos más niños aproximadamente nueve meses después de Cuaresma que en cualquier otra estación. En consecuencia, contando un año después de Cuaresma, los mercados estarán más atiborrados que de costumbre, porque los niños papistas existen por lo menos en proporción de tres a uno en este reino. Eso traerá otra ventaja colateral, al disminuir el número de papistas entre nosotros.

Ya he calculado el costo de cría de un hijo de mendigo (entre los que incluyo a todos los caballeros, a los jornaleros y a cuatro quintos de los campesinos) en unos dos chelines por harapos incluidos. Y creo que ningún caballero se quejaría de pagar diez chelines por el cuerpo de un buen gordo, del cual, como ya he dicho, sacará cuatro fuentes de excelente carne nutritiva cuándo solo tenga a algún amigo o a su propia familia a comer con él. De este modo, el caballero aprenderá a ser un buen terrateniente y se hará popular entre los arrendatarios, y la madre tendrá ocho chelines de ganancia limpia y quedará en condiciones de trabajar hasta que produzca otro niño.

Aquellos que son más ahorrativos (como debo confesar que requieren los tiempos) pueden desollar el cuerpo, cuya piel, artificiosamente preparada, constituirá admirables guantes para damas y botas de verano para caballeros delicados.

En nuestra ciudad de Dublín, los mataderos para este propósito pueden establecerse en sus zonas más convenientes; podemos estar seguros de que carniceros no faltarán, aunque más bien recomiendo comprar los niños vivos y adobarlos mientras están tibios del cuchillo, como hacemos para asar los cerdos.

Una persona muy meritoria, verdadera amante de su patria, cuyas virtudes estimo muchísimo, se entretuvo últimamente en discurrir sobre este asunto con el fin de ofrecer un refinamiento de mi proyecto. Se le ocurrió que, puesto que muchos caballeros de este reino han terminado por destruir sus ciervos, la demanda de carne de venado podría ser bien satisfecha por los cuerpos de jóvenes mozos y doncellas, no mayores de catorce años ni menores de doce, ya que son tantos los que están a punto de morir de hambre en todo el país, por falta de trabajo y de ayuda. De estos dispondrían sus padres, si estuvieran vivos, o de lo contrario, sus relaciones más cercanas. Pero con la debida consideración a tan excelente amigo y meritorio patriota, no puedo mostrarme de acuerdo con sus sentimientos; porque en lo que concierne a los machos, mi conocido americano me aseguró, en base a su frecuente experiencia, que su carne es generalmente correosa y magra, como la de nuestros escolares por el continuo ejercicio; que su sabor es desagradable, y que cebarlos no justificaría el gasto. En cuanto a las mujeres, creo humildemente que constituiría una pérdida para el público, porque muy pronto serían parideras. Además, no es improbable que alguna gente escrupulosa fuera capaz de censurar semejante práctica (aunque muy injustamente, por cierto) como un poco lindante con la crueldad; confieso que esa ha sido siempre para mí la objeción más firme contra cualquier proyecto, por bien intencionado que estuviera.

Pero en tren de justificar a mi amigo, diré que él confesó que este expediente se lo metió en la cabeza el famoso Sallmanaazar, un nativo de la isla de Formosa que llegó a Londres hace más de veinte años, y que conversando con él le dijo que en su país, cuando una persona joven era condenada a muerte, el verdugo vendía el cadáver a personas de calidad como un bocado de los mejores, y que en su época el cuerpo de una rolliza muchacha de quince que fue crucificada por un intento de envenenar al emperador, fue vendido al Primer Ministro de Estado de Su Majestad Imperial y a otros grandes mandarines de la corte, a los bordes del patíbulo, en cuatrocientas coronas. Verdaderamente, no puedo negar que si el mismo uso se hiciera de varias jóvenes rollizas de esta ciudad, que sin tener cuatro peniques de fortuna no pueden andar si no es en coche, y aparecen en el teatro y las reuniones con exóticos atavíos que nunca pagarán, el reino no estaría peor.

Algunas personas de espíritu pesimista están muy preocupadas por la gran cantidad de gente pobre que está vieja, enferma o inválida, y me han pedido que dedique mi talento a encontrar el medio de desembarazar a la nación de un estorbo tan gravoso. Pero este asunto no me aflige para nada, porque es muy sabido que esa gente se está muriendo y pudriendo cada día de frío y de hambre, de inmundicia y de piojos, tan rápidamente como se puede razonablemente esperar. Y en cuanto a los trabajadores jóvenes, están en una situación igualmente prometedora: no pueden conseguir trabajo y desfallecen de hambre, hasta tal punto que si alguna vez son tomados para un trabajo común no tienen fuerza para cumplirlo; de este modo, el país y ellos mismos son felizmente librados de los males futuros.

He divagado demasiado, de manera que volveré a mi tema. Me parece que las ventajas de la proposición que he anunciado son obvias y muchas, así como de la mayor importancia.

En primer lugar, como ya he observado, disminuiría muchísimo el número de papistas que nos infestan anualmente, que son los principales procreadores de la nación y nuestros enemigos más peligrosos, y que se quedan en el país con el propósito de rendir el reino al pretendiente, esperando sacar ventaja de la ausencia de tantos buenos protestantes que han preferido abandonar la patria antes que quedarse en ella pagando diezmos contra su conciencia a un cura episcopal.

Segundo: los arrendatarios pobres poseerán algo de valor que la ley podrá hacer embargable, y que los ayudará a pagar su renta al terrateniente, habiendo sido confiscados ya sus ganados y cereales, y siendo el dinero cosa desconocida por ellos.

Tercero: puesto que la manutención de cien mil niños de dos años para arriba no se puede calcular en menos de diez chelines anuales por cada uno, el tesoro nacional se verá incrementado en cincuenta mil libras por año, sin contar la utilidad producida por el nuevo plato introducido en las mesas de todos los caballeros de fortuna del reino que tengan refinamiento en el gusto. Y como la mercadería será producida y manufacturada por nosotros, el dinero no saldrá del país.

Cuarto: las reproductoras perseverantes, además de ganar ocho chelines anuales por la venta de sus niños, se quitarán de encima la obligación de mantenerlos después del primer año.

Quinto: este manjar atraerá una gran clientela a las tabernas, donde los venteros serán seguramente tan precavidos como para procurarse las mejores recetas para prepararlo a la perfección y, en consecuencia, ver sus casas frecuentadas por todos los distinguidos caballeros que se precian con justicia de su conocimiento del buen comer; y un cocinero diestro, que sepa cómo agradar a sus huéspedes, se las ingeniará para hacerlo tan costoso como a ellos les plazca.

Sexto: esto constituirá un gran estímulo para el matrimonio, que todas las naciones sabias han alentado mediante recompensas o impuesto mediante leyes y castigos. Aumentaría el cuidado y la ternura de las madres hacia sus hijos, seguras entonces de que los pobres chicos tendrían una colocación segura de por vida, provista de algún modo por el público, y que les darían ganancias en vez de gastos. Pronto veríamos una honesta emulación entre las mujeres casadas para mostrar cuál de ellas lleva al mercado al niño más gordo. Los hombres atenderían a sus esposas durante el embarazo tanto como ahora atienden a sus yeguas, sus vacas o sus puercas cuando están por parir, y no las amenazarían con golpearlas o patearlas (como frecuentemente hacen) por temor a un aborto.

Muchas otras ventajas podrían enumerarse. Por ejemplo, el agregado de algunos miles de reses a nuestra exportación de carne en barricas, la difusión de la carne de puerco y el progreso en el arte de hacer buen tocino, del que tanto carecemos ahora a causa de la destrucción de cerdos, demasiado frecuentes en nuestra mesa, y que no pueden compararse en gusto o magnificencia con un niño de un año, gordo y bien desarrollado, que hará un papel considerable en el banquete de un Lord Mayor o en cualquier otro convite público. Pero por adicto a la brevedad, omito esta y muchas otras ventajas.

Suponiendo que mil familias de esta ciudad serían compradoras habituales de carne de además de otras que la llevarían para las fiestas, especialmente casamientos y bautismos, calculo que en Dublín se colocarían anualmente cerca de veinte mil reses, y en el resto del reino (donde probablemente se venderán algo más barato) las restantes ochenta mil.

No se me ocurre ningún reparo que pueda oponerse razonablemente contra esta proposición, a menos que se aduzca que la población del Reino se vería muy disminuida. Esto lo reconozco sin reserva, y fue mi principal motivo para ofrecerla al mundo. Deseo que el lector observe que yo he calculado mi remedio para este único e individual Reino de Irlanda, y no para cualquier otro que haya existido, exista o pueda existir sobre la tierra. Por consiguiente, que ningún hombre me hable de otros recursos: de crear impuestos para nuestros desocupados a cinco chelines por libra; de no usar ropas ni moblajes que no sean producidos por nosotros; de rechazar los instrumentos que fomentan exótica lujuria; de curar el derroche de engreimiento, vanidad, holgazanería y juego en nuestras mujeres; de introducir parsimonia, prudencia y templanza; de aprender a amar a nuestro país, virtud por cuya carencia nos diferenciamos de los lapones y los habitantes de Topinamboo; de abandonar nuestras animosidades y facciones, de no actuar más como los judíos, que se mataban entre ellos mientras su ciudad era tomada; de cuidarnos de no vender nuestro país y nuestra conciencia por nada; de enseñar a los terratenientes a tener aunque sea un poco de compasión de sus arrendatarios. En fin, de imponer un espíritu de honestidad, industria y cuidado en nuestros comerciantes, quienes, si hoy tomáramos la decisión de no comprar otras mercaderías que las nacionales, inmediatamente se unirían para trampearnos en el precio, la medida y la calidad, y a quienes por mucho que se insistiera no se les podría arrancar una sola oferta de comercio honrado.

En consecuencia, repito, que ningún hombre me hable de esos y parecidos expedientes, hasta que no tenga por lo menos un atisbo de esperanza de que se hará alguna vez un intento sano y sincero de ponerlos en práctica.

Pero en lo que a mí concierne, habiéndome gastado durante muchos años en ofrecer ideas vanas, ociosas y visionarias, y al final completamente sin esperanza de éxito, di por fortuna con este proyecto, que es en todo novedoso, tiene algo de sólido y real, es de poco gasto y pequeña molestia; está completamente a nuestro alcance, y no nos pone en peligro de desagradar a Inglaterra. Porque esta clase de mercadería no soportará la exportación, puesto que la carne es de una consistencia demasiado tierna para admitir una permanencia prolongada en sal. Aunque quizás yo podría mencionar un país que se alegraría de devorar toda nuestra nación aun sin ella.

Después de todo, no me siento tan violentamente atado a mi propia opinión como para rechazar cualquier plan propuesto por hombres sabios que fuera hallado inocente, barato, cómodo y eficaz. Pero antes de que alguna cosa de ese tipo sea propuesta en oposición con mi proyecto, ofreciendo uno mejor, deseo que el autor o los autores consideren seriamente dos puntos. Primero, cómo se las arreglarán, tal como están las cosas, para encontrar ropas y alimentos para cien mil bocas y lomos inútiles. Y segundo, ya que hay en este reino alrededor de un millón de criaturas de forma humana cuyos gastos de subsistencia reunidos las dejaría debiendo dos millones de libras esterlinas, y agregando a los que son mendigos profesionales el grueso de los campesinos, caballeros y peones con sus esposas e hijos, que son mendigos de hecho, yo deseo que esos políticos que no gusten de mi proyecto y sean tan atrevidos como para intentar una respuesta, pregunten primero a los padres de estos mortales si hoy no creen que habría sido una gran felicidad para ellos haber sido vendidos como alimento al año de edad, de la manera que yo recomiendo; y de ese modo haberse evitado una completa escena de infortunios como la que han atravesado desde entonces por la opresión de los terratenientes, la imposibilidad de pagar la renta sin dinero, la falta de alimentación y de casa y vestido para protegerse de las inclemencias del clima, y la más inevitable probabilidad de legar parecidas o mayores miserias a sus descendientes para siempre.

Yo declaro, con toda la sinceridad de mi corazón, que no tengo el menor interés personal en esforzarme por promover esta obra necesaria, y que no me impulsa otro motivo que procurar el bien de mi patria, desarrollando nuestro comercio, cuidando de los niños, aliviando al pobre y dando algún placer al rico. No tengo hijos por los que pueda proponerme obtener un solo penique; el más joven tiene nueve y mi mujer ya no es fecunda.

EL ARTE DE LA MENTIRA POLÍTICA

El escocés John Arbuthnot (1667-1735) fue médico de la reina Ana, uno de los talentos más sutiles de su época y compinche de Swift, Pope, Congreve y lord Chesterfield. El arte de la mentira política, una burla que los años no inutilizaron, es un tema cuyo desarrollo planearon Arbuthnot y Swift en las reuniones del Scriblerus Club, sin que sea posible decidir a cuál de los dos pertenece la idea de la sátira. Swift se refirió al asunto en un Examiner de 1710, y Arbuthnot publicó un trabajo con ese título en 1712. En realidad, ambos amigos colaboraron prácticamente más de una vez; el capítulo de John Bull donde se recomienda que todos los niños de ojos azules sean educados en la depravación se atribuye decididamente a Swift.

Sea como fuere, la «reseña bibliográfica» cuyos fragmentos se reproducen en este libro, fue redactada por el Dean, y goza de los correspondientes beneficios.

El autor, en su prefacio, hace algunas reflexiones muy juiciosas sobre el origen de las artes y las ciencias, que consisten originalmente en teoremas y prácticas dispersas circulantes entre los maestros, y sólo son reveladas a los filii artis cuando aparece algún gran genio que reúne esas proposiciones desarticuladas y las reduce a un sistema regular. Tal es el caso del noble y útil arte de la mentira política, que en esta última época se ha visto enriquecido por varios nuevos descubrimientos, pudiendo reclamar con justicia un lugar en la Enciclopedia, especialmente en cuanto sirve como modelo para la educación de un político capaz. De modo que el autor se ofrece a sí mismo una cuota no pequeña de fama para las edades futuras, por ser el primero que ha acometido este proyecto; y por la misma razón espera que la imperfección de su obra será disculpada. Invita a todas las personas que posean algún talento o algún nuevo descubrimiento en la materia a comunicárselos, asegurándoles que hará honorable mención de ellas en su obra.

En el primer capítulo de su excelente tratado, el autor razona filosóficamente sobre la naturaleza del alma humana y de aquellas cualidades que la hacen capaz de mentir. Supone que el alma es de la naturaleza de un espejo plano-cilíndrico; que el lado plano fue hecho por Dios Todopoderoso, pero que el diablo labró después del otro lado una forma cilíndrica. El lado plano representa los objetos tal como son, y el lado cilíndrico, por las leyes de catóptrica, debe representar necesariamente los objetos verdaderos como falsos y los objetos falsos como verdaderos; pero el lado cilíndrico, al ser por mucho de la superficie mayor, refleja una cantidad mayor de rayos visuales. De modo que todo el arte y el éxito de la mentira política dependen del lado cilíndrico del alma humana.

En el segundo capítulo trata de la naturaleza de la mentira política, que define como el arte de convencer al pueblo de falsedades saludables con algún buen fin. Llama a esto un arte para distinguirlo del hecho de decir la verdad, que no parece requerir ningún arte, pero esto él debería haberlo referido solamente a la inventada, porque verdaderamente hace falta más arte para convencer al pueblo de una verdad saludable que de una saludable mentira. Entonces continúa mostrando que existen mentiras saludables, de las que ofrece muchos ejemplos, de antes y después de la Revolución. Y demuestra llanamente que no podríamos haber llevado la guerra tan lejos sin varias de esas saludables falsedades.

En su tercer capítulo trata de la legitimidad de la mentira política, que deduce de verdaderos y genuinos principios, indagando en los diversos derechos que tienen los hombres a la verdad. Muestra que la gente tiene derecho a la veracidad privada de sus vecinos y a la veracidad económica de la propia familia, y que no debe ser engañada por sus esposas, hijos y sirvientes; pero que no tiene ningún derecho a la verdad política, y que tanto puede pretender que se le diga la verdad en materia de gobierno como ser dueña de feudos y poseer grandes fortunas. Con gran discernimiento, el autor formula las diversas divisiones de la humanidad en este asunto de la verdad, de acuerdo con las respectivas capacidades, dignidades y profesiones y demuestra que los niños no caben en ninguna división, en consecuencia de lo cual raramente se les dice verdad alguna.

El cuarto capítulo está dedicado enteramente a esta cuestión: «¿Pertenece sólo al gobierno el derecho de acuñar mentiras políticas?». El autor, que es un verdadero amigo de la libertad inglesa, se pronuncia por la negativa y refuta todos los argumentos de sus contradictores con gran agudeza: dice que, como el gobierno de Inglaterra posee ingredientes democráticos, el derecho a inventar y difundir mentiras pertenece en parte al pueblo, cuya obstinada adhesión a ese justo privilegio ha sido de lo más conspicua y brilló con gran lustre en los últimos años. Que muy frecuentemente sucede que al buen pueblo inglés no le queda otro remedio para demoler un ministro y un gobierno que lo tengan fastidiado que el ejercicio de ese indudable derecho. Que la abundancia de la mentira política es un síntoma seguro de la verdadera libertad inglesa, y que si los ministros usan a veces instrumentos para sostener su poder, no es sino razonable que el pueblo emplee los mismos medios para defenderse y derribarlos.

En su quinto capítulo divide las mentiras políticas en varias especies y clases, y da normas acerca de la invención, difusión y programación de los diversos tipos. Comienza con los rumores y libelli famoso concernientes a la reputación de los hombres en el poder. Los encuentra viciados por el defecto común de comprender sólo una clase: la detractora o difamatoria, cuando en realidad existen tres clases: la detractora, la sumadora y la translativa.

La sumadora da a un gran hombre una cuota de reputación mayor de la que le pertenece, con el fin de capacitarlo para servir algún buen fin o propósito. La detractora o difamatoria es una mentira que le quita a un gran hombre la reputación que justamente le pertenece, por temor a que pudiera usarla en perjuicio del público. La translativa es una mentira que transfiere el mérito de la buena acción de un hombre a otro que es en sí mismo más meritorio; o transfiere el desprestigio de una mala acción de su autor real a otra persona que es en sí misma menos meritoria. Da varios ejemplos de grandes rasgos de ingenio aplicados en los tres tipos, especialmente en el último, cuando fue necesario para el bien del público conferir el valor y la conducta de un hombre a otro, o los de muchos hombres a uno solo.

En el sexto capítulo trata de lo milagroso, que entiende como cualquier cosa que exceda los grados comunes de probabilidad. Con respecto a la gente, divide las mentiras en dos clases: mentiras terroríficas, y estimulantes o envalentonadoras, siendo ambas extraordinariamente útiles en las ocasiones apropiadas. En lo que concierne a las primeras, da varias reglas, una de las cuales dice que los objetos terribles no deberían ser mostrados frecuentemente al pueblo para que no se vuelvan familiares. Afirma que es absolutamente necesario que el pueblo de Inglaterra sea asustado con el rey de Francia y el Pretendiente una vez al año, pero que los cucos deberían ser encadenados nuevamente hasta que pasen esos doce meses. La falta de observancia de este precepto tan necesario, trayendo a luz la cabeza despellejada y los huesos sangrientos en toda insignificante ocasión, ha producido en los últimos tiempos una gran indiferencia entre el vulgo.

El séptimo capítulo está completamente dedicado a un interrogante: ¿cuál de los dos partidos cuenta con los más grandes artistas de la mentira política? Reconoce que a veces es más creído un partido y a veces el otro, pero que ambos tienen muy buenos talentos entre ellos. Atribuye el poco éxito de uno y otro partido a que han atiborrado el mercado, colocando demasiada cantidad de una mala mercadería simultáneamente. Propone un proyecto para la recuperación del crédito de cualquiera de los partidos que verdaderamente parece ser algo quimérico y no hace favor al juicio sólido que el autor ha mostrado en el resto de la obra. Sugiere que el partido podría avenirse a no desembuchar otra cosa que la verdad durante tres meses seguidos, lo que le daría crédito para mentir durante los seis meses siguientes; admite que cree casi imposible encontrar personas adecuadas para ejecutar ese proyecto. Hacia el final del capítulo lanza una severa filípica contra la locura de los partidos al contratar a bribones y hombres de genio módico para colocar sus mentiras, como lo son la mayoría de los gacetilleros actuales quienes, excepto una fuerte vocación por el oficio, parecen totalmente ignorantes de las reglas de la pseudología y absolutamente descalificados para una función tan importante.

El octavo capítulo es un proyecto para unir las varias corporaciones de mentirosos más pequeñas en una sociedad. Sería demasiado tedioso dar cuenta completa de todo el proyecto; lo destacable es que esta sociedad debe integrar a los líderes de cada partido; que siendo ellos los mejores jueces de las exigencias actuales y de las clases de mentiras por las que hay demanda, ninguna falsedad pasará como buena sin su aprobación; que en esa corporación habría hombres de todas las profesiones; que la decencia y la probabilidad deben ser tan observadas como sea posible; que además de las personas arriba mencionadas, esta sociedad integraría a los talentos prometedores de esta ciudad (muchos de los cuales pueden ser tomados en abundancia en los diversos cafés), viajeros, virtuosos, cazadores de zorros, jockeys, abogados, viejos marinos y abogados salidos de los hospitales de Greenwich y Chelsea. A esta sociedad, así constituida, le debe ser confiada la administración exclusiva de la mentira. De este modo, en su sala de espera habría siempre algunas personas dotadas de una gran cuota de credulidad, especie que medra prósperamente en ese suelo y clima.

El noveno capítulo trata de la duración y velocidad de las mentiras. En cuanto a la rapidez de sus movimientos, el autor dice que es casi increíble: da varios ejemplos de mentiras que han viajado más velozmente que un correo a caballo. Vuestras mentiras terroríficas viajan a una velocidad prodigiosa: cerca de diez millas por hora. Vuestros cuchicheos se mueven en un vórtice estrecho, pero muy raudamente. El autor dice que es imposible explicar diversos fenómenos relacionados con la velocidad de las mentiras sin la suposición del sincronismo y la combinación.

Gasta todo el capítulo undécimo en una cuestión simple: ¿una mentira será mejor contrarrestada por la verdad o por otra mentira? El autor dice que, considerando la vasta extensión de la superficie cilíndrica del alma y la gran propensión a creer mentiras que caracteriza a la generalidad de los humanos en los últimos años, cree que la contradicción más apropiada para una mentira es otra mentira. Por ejemplo, si se informara que el Pretendiente estuvo en Londres, uno no debe desmentir esto afirmando que nunca estuvo en Inglaterra, sino que debe asegurar, como testigo presencial, que el Pretendiente no llegó más lejos de Greenwich, y que de allí se volvió. De ese modo, si se divulgara que una gran persona está muriendo de alguna enfermedad, usted no debe decir la verdad: que está sana y nunca tuvo semejante enfermedad, sino que se está recobrando lentamente de ella. Así, hubo no hace mucho un caballero que afirmó que el tratado con Francia para importar la pobreza y la esclavitud a Inglaterra fue firmado el 15 de septiembre, a lo que otro respondió muy juiciosamente, sin oponer la verdad a esa mentira, no que no había tal tratado, sino que, para su seguro conocimiento, todavía quedaban en ese tratado muchas cosas que arreglar.

UN EXAMEN DE CIERTOS ABUSOS, CORRUPCIONES Y ENORMIDADES EN LA CIUDAD DE DUBLÍN

Pero para seguir con otras enormidades: toda persona que pasea por las calles se ve obligada a contemplar la inmensa cantidad de excrementos humanos en las puertas y umbrales de las casas desocupadas y a los lados de cada pared abandonada; a lo cual el Partido descontento ha asignado una causa muy falsa y maliciosa. Ellos afirman que esos montones fueron depositados allá secretamente por traseros británicos, para hacer creer al mundo que nuestro irlandés vulgar come y bebe diariamente, y que, en consecuencia, el clamor de pobreza entre nosotros debe ser falso, procediendo sólo de los jacobitas y papistas. Confirmarían esto mediante la pretendida observación de que un ano británico está más estrechamente perforado que uno de nuestro propio país, y de que muchos de esos excrementos, rigurosamente inspeccionados, semejan un copete coronado por una punta, como un cono o pirámide, siendo distinguidos fácilmente de los irlandeses, que descansan mucho más llanamente y con menor continuidad. Comuniqué esta conjetura a un médico eminente, bien versado en esas profundas especulaciones, quien ante mi súplica tuvo el gusto de experimentar con cada uno de sus dedos, introduciéndolos en los anos de diversas personas de ambas naciones, y declaró que no pudo encontrar entre ellos la diferencia que esa gente mal dispuesta alega. Por el contrario, me aseguró que el mayor número de cavidades estrechas era de origen irlandés. Menciono esto solamente para mostrar cuán listos están los jacobitas para agarrarse de cualquier cosa con tal de expresar su malicia contra el gobierno. Casi había olvidado agregar que mi amigo el médico pudo, oliendo cada dedo, distinguir el excremento irlandés del británico, y no hubo más de dos errores en un centenar de experimentos. Sobre lo cual piensa publicar muy pronto una erudita disertación.

UNA DIGRESIÓN CONCERNIENTE AL ORIGEN, EL USO Y EL MEJORAMIENTO DE LA LOCURA EN UNA SOCIEDAD DE NACIONES

Esta Digresión forma parte de Tale of a Tub (Historia de un tonel), que Swift publicó, junto con La batalla de los libros, en 1704. Tale of a Tub narra la historia de tres hermanos que representan alegóricamente a la iglesia de Roma, a la de Inglaterra y a los disidentes. Aunque la anécdota que motivó su creación ha perdido mucho de su interés, no lo han perdido las digresiones con que Swift interrumpió generosamente la narración, incluida una Digresión en alabanza de las digresiones. La que aquí se reproduce ofrece un motivo de diversión suplementario, que seguramente no estuvo en los planes del autor: al referirse a las desventuras de Enrique el Grande, Swift parece haber previsto y parodiado con dos siglos de antelación la teoría freudiana.

Así como el cielo no produce lluvia sino cuando está cubierto y perturbado, el entendimiento humano, situado en el cerebro, debe estar perturbado y cubierto por los vapores que ascienden de las facultades inferiores, para que la imaginación sea irrigada y se torne fructífera. Y a pesar de que estos vapores, del mismo modo que los del cielo, son de diversos orígenes, sólo rinden cosechas diferentes de acuerdo con el suelo que los acoge. Ofreceré dos ejemplos para demostrar y explicar lo que estoy insinuando.

Cierto gran príncipe convocó un poderoso ejército, llenó sus cofres con infinitos tesoros, armó una flota invencible, todo esto sin informar sobre sus designios a sus ministros más importantes ni a sus favoritos más cercanos. Inmediatamente, el mundo entero se alarmó: los reinos vecinos, en temblorosa expectativa, con respecto al lugar en que estallaría la tormenta; los pequeños políticos, elucubrando en todas partes profundas conjeturas. Algunos creían que proyectaba establecer la monarquía universal; otros, después de mucho meditar, decidieron que el asunto consistía en un proyecto para derribar al Papa y establecer la religión reformada, que una vez había sido la suya. Algunos, más profundamente sagaces, lo enviaban al Asia para someter al Turco y recobrar Palestina. Entre todos estos proyectos y preparativos, un cirujano de Estado, percibiendo la naturaleza de la enfermedad por sus síntomas, intentó la cura de un golpe: realizó la operación, rompió la bolsa, y el vapor voló afuera. Pero como no todo tiene completo remedio, el príncipe, infortunadamente, murió en la operación. Ahora el lector arderá de curiosidad por saber de dónde surgió este vapor que tanto atrajo la atención de las naciones. ¿Qué rueda secreta, qué oculto resorte pudo poner en movimiento una máquina tan maravillosa? Más tarde se descubrió que el movimiento de toda esta maquinaria había sido impulsado por una hembra ausente cuyos ojos elevaron una protuberancia, y que antes de la eyaculación fue apartada a un país enemigo.

¿Qué podría hacer en circunstancias tan delicadas un infeliz Príncipe?

Probó en vano la infalible receta del Corpora queque del Poeta, porque

Idque petit corpus mens unde

est saucia amore

Unde feritur, es tendit, gestito coire.

Lucrecio

Habiéndose intentado inútilmente todos los medios pacíficos, la porción acumulada de semen, rebelde e inflamada, se volvió adusta, montó en cólera, enfiló a través del conducto espinal, y ascendió al cerebro. Exactamente el mismo principio que compele a un rufián a romper las ventanas de la ramera que le dio calabazas, empuja naturalmente a un Gran Príncipe a armar poderosos ejércitos, y a no soñar más que con sitios, batallas y victorias.

… Teterrima belli

Causa…

El otro ejemplo que leí en alguna parte de un autor muy antiguo, es el de un poderoso rey que se entretuvo durante más de treinta años en tomar y perder ciudades, en batir ejércitos y ser batido, en expulsar príncipes de sus dominios, alejar niños de su pan con manteca, devastar, quemar, saquear, acosar, masacrar súbditos y extranjeros, amigos y enemigos, machos y hembras. Está registrado que los filósofos de cada país se hallaban en grave disputa acerca de las causas naturales, morales y políticas de este fenómeno, con el fin de hallarle una solución original. Finalmente, el humor o espíritu que animaba el cerebro del héroe, hallándose en constante circulación, conquistó la región del cuerpo humano tan célebre por producir la Zibeta Occidentalis, y concentrándose allí en un tumor, dejó al resto del mundo en paz por aquel tiempo. De tan enorme importancia es el lugar donde se localizan estas emanaciones, y de tan poca importancia el lugar de donde proceden. Los mismos espíritus que en su superior progreso conquistarían un reino, bajando hacia el ano terminan en una fístula.

EL VIAJE DE GULLIVER AL PAÍS DE LOS HOUYHNHNMS

«He preparado material para un tratado demostrando la falsedad de la definición animal rationale, y para probar que se debería decir solamente rationis capax. Sobre esta gran fundación de misantropía se erige todo el edificio de mis Viajes, y mi mente no estará en paz hasta que todos los hombres honestos sean de mi opinión», decía Swift a Pope en 1725. Los Viajes por varias naciones remotas del mundo, por Lemuel Gulliver surgieron de las tertulias del Scriblerus Club, donde Pope, Arbuthnot y Swift planearon burlarse de la pedantería intelectual y de la atrevida imaginación de los libros de viajes, entonces de moda. En manos de Swift, la idea creció y cambió de propósito: el Dean superó la fantasía de los viajeros más exaltados al crear los cuatro países con que enfrentó a la humanidad. De los cuatro viajes, el menos conocido es el que llevó a Gulliver a tierras de los Houyhnhnms (nombre que remeda el sonido del relincho), equinos inteligentes que fundaron una sociedad racional y que dominan a los bestiales Yahoos (por you, «usted»), virtuales seres humanos. Los fragmentos reproducidos a continuación corresponden a las descripciones que hace Gulliver a su amo Houyhnhnm de algunas ventajas de nuestra civilización.

GULLIVER INFORMA SOBRE LA LEY

Dije que había entre nosotros una sociedad de hombres educados desde su juventud en el arte de demostrar, mediante palabras intencionalmente multiplicadas, que lo blanco es negro y lo negro es blanco, según como se les pague. De esta sociedad, el resto de la gente es esclavo.

Por ejemplo: si a mi vecino se le antoja mi vaca, contrata un abogado para demostrar que tiene derecho a sacármela. Yo debo entonces contratar a otro para que defienda mi derecho, porque va contra todas las reglas de la ley que a un hombre se le permita hablar por sí mismo. En este caso, yo, que soy el verdadero propietario, cargo con dos grandes desventajas. La primera, que habiendo practicado mi abogado casi desde su cuna la defensa de la falsedad, se halla completamente fuera de su elemento cuando debe abogar por la justicia; como si se tratara de un oficio antinatural, lo intenta siempre con gran torpeza, cuando no con mala disposición. La segunda desventaja consiste en que mi abogado debe proceder con grandes circunloquios: de otro modo sería reprendido por los jueces y aborrecido por sus colegas, como si rebajara la práctica de la ley. Por lo tanto, tengo sólo dos métodos para conservar mi vaca. El primero consiste en sobornar al abogado de mi adversario mediante una doble paga: entonces traicionará a su cliente insinuando que este tiene la justicia de su lado. El segundo medio consiste en que mi abogado haga aparecer mi causa tan injusta como le resulte posible, admitiendo que la vaca pertenece a mi adversario; si esto se hace con habilidad, comprometerá verdaderamente el favor del tribunal.

Ahora, Su Honor debe saber que esos jueces son personas designadas para decidir en todas las controversias de propiedad y en el juicio de criminales; son escogidos entre los abogados más diestros que se hayan vuelto viejos u holgazanes. Y habiendo ejercido todas sus vidas contra la verdad y la equidad, se hallan bajo una necesidad tan inexorable de favorecer el fraude, el perjurio y la opresión, que he sabido de algunos que han rechazado un generoso soborno de la parte que tenía razón, con tal de no agraviar al gremio haciendo alguna cosa indigna de su naturaleza o su oficio.

Es una máxima entre esos abogados que cualquier cosa que ya haya sido hecha, puede legalmente ser hecha de nuevo, y por consiguiente toman especial cuidado en registrar todas las decisiones adoptadas en tiempos pasados contra la justicia y la razón de la humanidad. A estas, bajo el nombre de jurisprudencia, las exhiben como autoridades para justificar las opiniones más inicuas; los jueces nunca dejan de guiarse conforme a ellas.

En los alegatos, evitan estudiadamente registrar los méritos de la causa, pero son ruidosos, tediosos y violentos para detenerse en todas las circunstancias que no tienen que ver con el asunto. Por ejemplo, en el caso ya mencionado, nunca querrán saber qué derecho o título tiene mi contrincante sobre mi vaca; pero sí si esa vaca es roja o negra, si sus cuernos son largos o cortos, si el campo en que la apacentó es circular o cuadrado, si es ordeñada dentro o fuera de la casa, qué enfermedades padece, y así. Tras lo cual consultan la jurisprudencia, levantan la sesión de una a otra vez, y en diez, veinte o treinta años llegan a una decisión.

Debe observarse, además, que esta sociedad tiene un peculiar dialecto o jerga de su propiedad, que ningún otro hombre puede entender, y en el cual escriben sus leyes, que tienen especial cuidado en multiplicar; con lo que han confundido totalmente la mismísima esencia de la verdad y la falsedad, de lo justo y lo injusto, de modo que les tome treinta años decidir si el campo que me legaron mis seis generaciones de antepasados me pertenece a mí, o a un extraño que vive a trescientas millas.

En el juicio de personas acusadas de crímenes contra el estado, el método es mucho más breve y recomendable: el juez envía primero a sondear la disposición de los que están en el poder, tras lo cual puede colgar o salvar cómodamente al reo, preservando estrictamente todas las formas de la ley.

Aquí mi señor me interrumpió, diciendo que era una lástima que personas agraciadas con tan prodigiosas habilidades mentales como esos abogados — como debía verdaderamente ser por la descripción que le di de ellos— no fueran estimuladas a convertirse en instructores de otros en sabiduría y conocimientos. En respuesta, aseguré a Su Honor, que en todos los puntos ajenos a su propio comercio, eran usualmente la generación más ignorante y estúpida entre nosotros, la más despreciada en la conversación común, enemigos declarados de todo conocimiento e instrucción, y tan dispuestos a pervertir la razón humana en cualquier otra materia de raciocinio como en su propia profesión.

GULLIVER INFORMA SOBRE MINISTROS

Le dije que un primer ministro, o ministro de estado, al que intenté describir, era una persona totalmente ajena al júbilo y la aflicción, el amor y el odio, la piedad y la cólera; y que no ejercita otra pasión que un violento deseo de riqueza, poder y títulos; que destina sus palabras a todos los fines, excepto al de expresar sus pensamientos; que nunca dice una verdad si no es con la intención de que se la tome por una mentira, ni una mentira, sino para que se la tome por una verdad; que aquellos de quienes peor habla a las espaldas, se hallan en la más segura vía de progreso, pero el día que él comienza a elogiarlo a usted ante otros o ante usted mismo, usted está perdido. La peor señal que se puede recibir es una promesa, especialmente cuando es confirmada por un juramento; después de eso, todo hombre sabio se retira, y abandona toda esperanza.

Existen tres métodos mediante los cuales un hombre puede llegar a primer ministro: el primero, sabiendo cómo disponer de una esposa, una hija o una hermana con prudencia; el segundo, traicionando a su predecesor o minándole el terreno; y el tercero, demostrando en las asambleas públicas un furioso celo contra las corrupciones de la corte. Pero un príncipe sabio preferirá emplear a los que practican el último método, porque esos fanáticos resultan siempre los más obsequiosos y serviles ante la voluntad y las pasiones de su señor.

GULLIVER INFORMA SOBRE LA ARISTOCRACIA

Un día, mi amo, habiéndome oído mencionar a la nobleza de mi país, me hizo un cumplido que yo no pretendería merecer: él estaba seguro de que yo debía provenir de alguna familia noble, porque superaba por mucho en aspecto, color y compostura a todos los Yahoos de su nación, aunque parecía fracasar en cuanto a fuerza y agilidad, lo que podría achacarse a mi medio de vida, diferente del de aquellos otros brutos. Además, yo no sólo estaba dotado con la facultad del habla, sino, también, con algunos rudimentos de razón, hasta un grado que, para lo que él sabía, resultaba prodigioso.

Le agradecí a Su Honor la buena opinión que había concebido de mí, pero le aseguré, al mismo tiempo, que provenía de la clase baja, de padres sencillos y honestos que apenas fueron capaces de darme una educación tolerable. Le dije que la nobleza era entre nosotros una cosa totalmente distinta de la idea que él tenía de ella: que nuestros jóvenes nobles son educados desde la niñez en la haraganería y la lujuria; que tan pronto como la edad se lo permite, consumen su vigor y contraen odiosas enfermedades entre mujeres lascivas; y que cuando ya están casi arruinados, se casan, solamente por amor al dinero, con alguna mujer de cuna humilde, personalidad desagradable y constitución enfermiza, a la que odian y desprecian. Que los productos de semejantes uniones son generalmente niños escrofulosos, raquíticos o deformes, razón por la cual la familia raramente se prolonga por más de tres generaciones, a menos que la esposa se cuide de proveerse de un padre sano entre sus vecinos o domésticos, con el fin de mejorar y prolongar la casta. Que un cuerpo enclenque y enfermo, un magro continente y una complexión cetrina son las verdaderas señales de sangre noble, y una apariencia saludable y robusta resulta tan oprobiosa para un hombre de calidad, que el mundo deduce que su padre real fue un mozo de cuadra o un cochero. Las imperfecciones de su mente corren parejas con las de su cuerpo: se trata de una mezcla de mal humor, somnolencia, ignorancia, capricho, sensualidad y engreimiento.

GULLIVER INFORMA SOBRE LAS CAUSAS DE LA GUERRA

Me preguntó cuáles eran las causas o motivos usuales que hacen que un país vaya a la guerra con otro. Contesté que eran innumerables, pero que mencionaría unas pocas entre las principales. A veces, la ambición de los príncipes, que nunca creen tener bastante tierra o pueblo para gobernar. A veces, la corrupción de los ministros, que comprometen a su señor en la guerra con el fin de ocultar o distraer el clamor de los súbditos contra su maligna administración. La diferencia de opiniones ha costado millones de vidas. Por ejemplo: si la carne es pan, o el pan es carne; si el jugo de cierta baya es sangre o es vino; si el silbido es un vicio o una virtud; si es mejor besar un poste o echarlo al fuego; cuál es el mejor color para un saco: si negro, blanco, rojo, o gris; y si debe ser largo o corto, estrecho u holgado, limpio o sucio; y muchas más. No hay ninguna guerra tan furiosa y sangrienta, ni de tan larga duración como las que ocasionan las diferencias de opinión, especialmente si se produce alrededor de cosas indiferentes.

A veces, dos príncipes disputan para decidir cuál de ellos despojará a un tercero de sus dominios, a los que ninguno de ellos tiene ningún derecho. A veces, un príncipe pelea con otro por miedo a que el otro pelee con él. A veces, una guerra se emprende porque el enemigo es demasiado fuerte, y otras porque es demasiado débil. A veces, nuestros vecinos quieren las cosas que tenemos, o tienen las cosas que queremos; ambos luchamos, hasta que ellos toman las nuestras o nos dan las suyas. Es justificable invadir un país después que su pueblo ha sido devastado por el hambre, destruido por la peste o embrollado por las facciones internas. Es justificable entrar en guerra contra nuestro aliado más próximo, cuando una de sus ciudades resulta conveniente para nosotros o uno de sus territorios redondeará nuestros dominios.

Si un príncipe envía fuerzas a una nación cuyo pueblo es pobre e ignorante, puede legítimamente matar a la mitad y esclavizar al resto, para civilizarlos y reducirlos de su bárbaro sistema de vida. Es una práctica muy regia, honorable y frecuente, cuando un príncipe necesita la asistencia de otro para evitar una invasión, que el asistente, una vez que ha echado al invasor, se apodere de los dominios, asesinando, encarcelando o desterrando al príncipe en cuya ayuda vino. La alianza de sangre o casamiento es suficiente causa de guerra entre los príncipes; cuanto más cercano es el parentesco, mayor es su disposición a la pelea.

UN SERIO Y ÚTIL PROYECTO PARA HACER UN HOSPITAL DE INCURABLES, DE UNIVERSAL BENEFICIO PARA TODOS LOS SÚBDITOS DE SU MAJESTAD

Un serio y útil proyecto para hacer un hospital de incurables se publicó anónimamente en Londres, en 1733. La idea del hospital rondó frecuentemente los pensamientos de Swift. En sus propios versos En la muerte del Dean Swift, editados en 1739, decía de sí mismo:

Dio la poca fortuna que tuvo

para construir una casa para tontos y locos

Efectivamente —no sabemos si como concesión a los hombres o como ironía complementaria— Swift donó por testamento siete mil libras para la construcción del Hospital de San Patricio, en Irlanda.

No hay cosa que contribuya más a la reputación de los particulares o al honor de una nación en general, que la construcción y dotación de edificios apropiados para recibir a quienes padecen diferentes clases de desgracias. Allí, el enfermo y el infortunado son liberados de la miseria de socorrerse a sí mismos.

Es cierto que el genio del pueblo de Inglaterra se siente firmemente inclinado a las caridades públicas, y en grado tan noble, que casi en todas partes de esta gran y opulenta ciudad, y en muchas de las villas adyacentes, nos encontramos con un gran surtido de hospitales sostenidos por la generosa contribución de las familias privadas, tanto como por la liberalidad del público. Algunos, para marinos estropeados al servicio de su patria, y otros para soldados lisiados y achacosos; algunos, para el mantenimiento de comerciantes decaídos, y otros para sus viudas y huérfanos; algunos, para el auxilio de quienes subsisten bajo el peso de tediosas enfermedades, y otros para los que se hallan privados de su razón.

Pero encuentro, tras una escrupulosa inspección, que existe una clase de caridad casi totalmente olvidada, que me parece, sin embargo, de una naturaleza tan excelente como para ser actualmente más solicitada y mejor planificada que lo que cualquier otra pueda serlo, para el alivio, la tranquilidad y la felicidad de todo este reino. Quiero decir:

Un hospital para incurables

Verdaderamente, debo confesar que una fundación de esta naturaleza exigiría un desembolso muy grande y permanente. Sin embargo, no tengo la menor duda de que seré capaz de convencer al mundo de la practicabilidad de mi proyecto para un hospital semejante, y de que este debe ser deseado por toda persona que lleve realmente en su corazón el interés de su patria o el de sus conciudadanos.

Es evidente que así como los cuerpos de las criaturas humanas son afectados por una variedad infinita de desórdenes que eluden el poder de la medicina y son frecuentemente hallados incurables, sus mentes son invadidas por una variedad igual, a la que ninguna habilidad, ningún poder, ni ninguna medicina pueden modificar o corregir. Y me parece que en lo tocante a la paz y el provecho públicos, así como a la tranquilidad de muchas piadosas y estimables familias, estas especies modernas de incurables deben comprometer especialmente nuestra atención y beneficencia.

Creo que un hospital para esos incurables será universalmente admitido como necesario si sólo tenemos en cuenta la cantidad de incurables absolutos que puede producir continuamente cada profesión, rango o grado. Incurables que actualmente no son otra cosa que cargas nacionales, de las que no tenemos otro método eficaz para purgar al reino.

Por ejemplo: considere cualquiera seriamente la cantidad de tontos incurables, pícaros incurables, cascarrabias incurables, escritorzuelos incurables (además de mí mismo), petimetres incurables, infieles incurables, mentirosos incurables y prostitutas incurables que se encuentran en todo lugar público. Sin contar los incurablemente vanos, incurablemente envidiosos, incurablemente soberbios, incurablemente afectados, incurablemente impertinentes y otros diez mil incurables que debo necesariamente pasar en silencio para no inflar este ensayo hasta el tamaño de un volumen. Sin duda, cualquier persona desprejuiciada admitirá que el público debería ser aliviado, en la medida de lo posible, de esta intolerable y pesada variedad de incurables.

Y empecemos. Podemos esperar razonablemente que un hospital de esta clase se verá provisto, bajo la denominación de tontos incurables, de un número considerable de productos de nuestras universidades, que actualmente ejercen en el mundo distintas profesiones bajo los venerables títulos de médicos, abogados y eclesiásticos.

Y como esos antiguos colegios han sido considerados durante los últimos años poco menos que criaderos de esos incurables, parecería sumamente recomendable adoptar alguna clase de previsión a su respecto; porque, es más que probable, si ellos tienen que ganarse la vida mediante su propio mérito particular en sus distintas profesiones, deben obtener necesariamente un pasar muy mediano.

No quisiera que se sospeche aquí de mí que creo que los pequeños provechos ofrecidos por el ejercicio de algún arte o ciencia son siempre un signo indudable de un entendimiento igualmente pequeño. Más bien me declaro algo inclinado a la opinión contraria después de haber observado frecuentemente en el foro y el púlpito que quienes tienen menos ciencia y sensatez para razonar se encuentran con la proporción mayor de progreso y utilidad. De esto se podrían ofrecer muchos ejemplos, pero el público no parece necesitar ninguna demostración sobre el particular.

Casi he olvidado mencionar que existe una modesta probabilidad de que muchos clérigos sean hallados convenientemente calificados para su admisión en el hospital bajo esa clasificación. Podrían servir como capellanes y evitar el gasto innecesario de salarios.

Con esos tontos, en orden sucesivo, podrían ser justamente incluidos los pícaros incurables, que nuestras Inns of Court nos proveerían constantemente en abundante cantidad.

Pienso, por cierto, que sólo debe admitirse cada año cierta cantidad limitada de estos incurables, cantidad que ninguna consideración hacia la tranquilidad o el provecho de la nación, ni ninguna otra razón caritativa o patriótica nos debe incitar a exceder. Porque si fueran admitidos en la Fundación todos los que pueden ser considerados incurables de esta enfermedad, y si el público pudiera encontrar un lugar suficientemente grande para recibirlos, no tengo la menor duda de que todas nuestras Inns, ahora tan pobladas, serían en corto tiempo vaciadas de sus habitantes, y a la ley, ese arte beneficioso, no le alcanzarían los brazos para llevarlos.

Me estremezco al pensar en las hordas de abogados, procuradores, picapleitos, escribanos, usureros, amanuenses, carteristas, prestamistas, carceleros y jueces de paz que serían conducidos al hospital a toda hora, y en la conmoción que esto provocaría en muchas nobles y afortunadas familias. ¡Qué dolor inesperado constituiría para tantos hombres de fortuna y calidad verse súbitamente privados de sus ricos administradores, en quienes tuvieron durante muchos años la mayor confianza, para encontrarlos irrecuperablemente albergados entre esa colección de incurables!

¿Cuántos huérfanos esperarían ver a sus guardianes precipitados al hospital, y cuántos albaceas codiciosos tendrían razón para lamentar la falta de oportunidades de pillaje?

¿No tendría la calle del Exchange razón para lamentarse por la pérdida de sus comisionistas y prestamistas, y la Sociedad de Caridad por la confinación de muchos de sus directores?

¿No podrían Westminster Hall y todas las casas de juego de esta gran ciudad verse enteramente despobladas, y los profesores de arte en cada una de esas reuniones quedar inutilizados en sus vocaciones al ser privados de toda futura oportunidad de ser deshonestos?

En resumen, eso sumiría al reino entero en la confusión y el desorden, y nos encontraríamos con que todas las rentas de la nación serían escasas para mantener tantos incurables como los que aparecerían calificados para la admisión en nuestro hospital.

Pero si solamente consideramos cómo hormiguea este reino de mesas de cuadrilla y casas de juego públicas y privadas, y cómo cada una de esas casas (lo mismo que la mencionada Westminster Hall) bulle de pícaros ansiosos de ganar o de tontos que tienen alguna cosa que perder, nos convenceremos pronto de hasta qué punto será necesario limitar el número de incurables aceptados bajo esos títulos. No vaya a suceder que la Fundación resulte insuficiente para mantener a otros además de ellos.

Sin embargo, creo que si la nación puede ser aliviada de veinte mil o treinta mil de estos incurables gracias a mi proyecto, este debe ser considerado de algún modo beneficioso, y merecedor de la atención del público.

La siguiente especie de la que alegremente me ocuparía, y que durante varias generaciones ha resultado una plaga y perjuicio insoportables para el pueblo inglés, es la de quienes podrían ser apropiadamente admitidas en el carácter de cascarrabias incurables.

Confieso que este es un trastorno de naturaleza tan desesperada que pocas mujeres se hallan dispuestas a reconocerse entregadas a él. Y sin embargo, se sabe que casi no hay clérigo aprendiz, concejal, caballero o marido que no sostendrían solemnemente lo contrario.

Yo querría, ciertamente, que la palabra cascarrabias fuese reemplazada por algún término más amable de igual significación, porque estoy convencido de que el adjetivo verdadero resulta tan ofensivo a los oídos de las mujeres como los efectos de esa incurable enfermedad a los de los hombres; lo que seguramente es inexpresable.

Y es evidente para el observador común que siempre ha sido usual honrar una misma clase de acciones con apelativos diferentes, sólo para evitar ofensas.

Por ejemplo: ¿cuántos leguleyos, procuradores, abogados, camareras intrigantes y contadores se hacen constantemente culpables de extorsión, soborno, opresión y muchas otras canalladas provechosas para sangrar las bolsas de aquellos con quienes de algún modo están relacionados? Y sin embargo, esos diversos expedientes para hacer fortuna pasan generalmente bajo los títulos más moderados de honorarios, propinas, recompensas, presentes, gratificaciones y cosas parecidas. Aunque estrictamente hablando deberían ser llamados robo, y consecuentemente premiados con la horca.

Más aún, ¿cuántos honorables caballeros sería posible mencionar que mantienen la tienda abierta para ejercer un comercio de iniquidad, enseñan a la ley a hacer la vista gorda cada vez que el poder o el provecho se cruzan en su camino, y se las ingenian para hacerse ricos mediante el vicio, los litigios o las tonterías de la humanidad? Sin embargo, en vez de ser señalados con el severo nombre de canallas, rateros y opresores públicos (como justamente merecen), son distinguidos simplemente por el título de juez de paz, en cuyo solo término se tienen generalmente por implicadas todas esas variadas acepciones.

Pero continuemos. Cuando decidí preparar este proyecto para el uso y el conocimiento del público, intenté examinar un barrio entero de esta ciudad, de modo que mi cálculo del número de cascarrabias incurables fuese más perfecto y exacto. Pero encontré imposible continuar mi marcha hasta más allá de una calle.

En primer lugar me dirigí a un rico ciudadano de Cornhill, concejal por su distrito, a quien le di a entender que si él conocía alguna cascarrabias incurable en la vecindad, yo tenía alguna esperanza de ocuparme de ella de modo de impedirle ser fastidiosa en el futuro. Me orientó con gran deleite hacia su próximo vecino, aunque susurró que con mucho mayor alivio y placer podría ofrecerme a alguien de su propia familia. Y pidió la preferencia.

Su vecino confesó de buena gana que los merecimientos de su esposa no habían sido tergiversados, y que contribuiría alegremente a promover un proyecto tan útil; pero afirmó rotundamente que resultaría un pobre servicio desembarazar a la vecindad de una sola mujer, mientras quedasen tales multitudes, todas igualmente insoportables.

Circunstancia por la que conjeturé que la cantidad de esas incurables en Londres, Westminster y Southwark sería muy considerable, y que se puede esperar una generosa contribución para un hospital como el que recomiendo.

Además, el número de mujeres incurables se vería probablemente muy incrementado por cantidades suplementarias de solteronas que, aburridas de ocultar su mal humor durante una mitad de sus vidas, están impacientes por darle total desahogo en la otra. Porque las solteronas, como los vinos viejos de poco cuerpo, en vez de volverse más agradables con los años, se vuelven intolerablemente agrias, ácidas e inútiles.

En cuanto a los escritorzuelos incurables (de cuya Sociedad tengo el honor de ser miembro), probablemente son innumerables y, en consecuencia, será absolutamente imposible ocuparse de una décima parte de su fraternidad. Sin embargo, como este conjunto de incurables se halla generalmente más vejado que ningún otro por la pobreza, será una doble caridad admitirlo en la Fundación. Caridad hacia el mundo, para el que son una peste y molestia común, y caridad hacia ellos mismos, al aliviarlos de la necesidad, el desprecio, las pateaduras y varios otros accidentes de esa naturaleza, a los que se hallan continuamente expuestos.

La misma Grubstreet tendría razón para regocijarse al ver a tantos de sus artesanos muertos de hambre tan generosamente sostenidos, y la tribu completa de escuálidos incurables probablemente vivaría de júbilo al ser liberada de la tiranía y las buhardillas de impresores, editores y libreros.

¡Qué heterogénea multitud de escritores de baladas, traductores, fabricantes de odas, autores de entremeses, traficantes de óperas, biógrafos, panfletistas y periodistas aparecerían atestando el hospital! No muy diferentes de las bestias acudiendo al Arca antes del Diluvio. ¡Y qué satisfacción universal produciría semejante espectáculo a todos, excepto a los pasteleros, almaceneros, tenderos y vendedores de tabaco, únicos a quienes los escritos de estos incurables son de algún modo provechosos!

Frecuentemente he quedado pasmado al observar la variedad de petimetres incurables que se encuentran entre St. James y Limehouse a cualquier hora del día: tan numerosos como los curas galeses, e igualmente despreciables. Cómo hormiguean en todos los cafés, teatros, paseos públicos y reuniones privadas. Cómo se hallan incesantemente dedicados a cultivar intrigas y toda clase de placeres irracionales. Qué industriosos se muestran al remedar la apariencia de monos, del mismo modo que los monos se emulan al imitar los gestos humanos. De tales observaciones he deducido que recluir a la mayor parte de esos incurables, que son otras tantas parodias vivientes de la naturaleza humana, sería de eminente utilidad a esta nación. Y estoy convencido de que me hallo lejos de ser el único en sostener esta opinión.

En cuanto a los incurables restantes, podemos deducir razonablemente que se dan, como mínimo, en la misma proporción que los mencionados. Pero en lo que concierne a las prostitutas incurables de este reino, debo observar particularmente que las que son públicas, y hacen de ello su profesión, ya tendrían hospitales apropiados para su recepción, si pudiésemos encontrar magistrados sin pasiones o alguaciles sin una incurable sensibilidad al soborno. Y a las que son privadas, y hacen de eso su pasatiempo, yo me mostraría remiso a perturbarlas, por dos razones.

Primero, porque probablemente afligiría a muchos nobles, ricos, satisfechos y cándidos maridos, al convencerlos de su propio deshonor y de la imperdonable deslealtad de sus esposas. Y segundo, porque siempre será imposible evitar que una mujer se haga culpable de alguna clase de extravío una vez que esté firmemente resuelta a intentarlo.

Observaciones por las que todo hombre razonable debe ser infaliblemente convencido de que un hospital para el amparo de esas diversas especies de incurables resultaría extremadamente beneficioso para estos reinos. Creo, por consiguiente, que nada más hace falta, sino demostrar al público que tal proyecto es muy practicable: tanto por incluir un método seguro para obtener un ingreso anual por lo menos suficiente para realizar el experimento (que es el medio para fundar todos los hospitales), como por existir una firme posibilidad de que sea sostenido por ganancias permanentes. Lo que nos permitiría, en muy pocos años, elevar el número de incurables a nueve décimas más del que podemos aventurar razonablemente al comienzo.

Un cálculo

de los gastos diarios y anuales

de un

serio y útil Hospital

a ser construido para Incurables,

y de universal beneficio

para todos los súbditos de Su Majestad

Por día:

Tontos incurables. Son casi infinitos. Sin embargo, al principio, yo sólo admitiría veinte mil, y concediendo a cada uno nada más que un chelín diario para su mantenimiento, que es lo menos que se puede, el gasto diario de este rubro será...............1.000

Pícaros incurables. Son, si es posible, más numerosos, incluyendo a los extranjeros, especialmente irlandeses. Pero limitaría el número de ellos a unos treinta mil, lo que importaría............1.500

Cascarrabias incurables. Serían abundantemente suministradas por casi todas las familias del reino. Y verdaderamente, para hacer a este hospital de alguna utilidad real, no podemos admitir, ni siquiera al principio, menos de treinta mil, incluyendo a las señoras de Billingsgate y Leaden Hall Market, lo que hace............1.500

Petimetres incurables. Son muy numerosos. Y teniendo en cuenta las cantidades que se importan anualmente de Francia e Italia, no podemos admitir menos de treinta mil, lo que hará............500

Infieles incurables (como les gusta ser llamados). Serían recibidos en el hospital hasta la cantidad de diez mil. Sin embargo, si accidentalmente sucediera que se dieran a la moda de ser creyentes, es probable que en poco tiempo se pudiera echar a gran parte de ellos del hospital, como perfectamente curados. Sus gastos serían............500

Mentirosos incurables. Son infinitos en todas partes del reino; y haciéndonos cargo de las esposas de los ciudadanos y de los aprendices de merceros, periodistas, solteronas y aduladores, no podemos aceptar un número menor de treinta mil, lo que importará...........1.500

Los incurablemente envidiosos existen en vastas cantidades a través de toda esta nación. No puede esperarse razonablemente que disminuya su número mientras la fama y los honores sean amontonados sobre algunas personas como premio público a sus realizaciones superiores en tanto otras que son igualmente excelentes en su propia opinión, se ven forzadas a vivir desconocidas y despreciadas. Y como sería imposible proveer por todos los poseídos de esta enfermedad, yo sólo consentiría al principio en admitir veinte mil para hacer la prueba, importando esto............1.000

De los incurablemente vanos, afectados e impertinentes, admitiría por lo menos diez mil. Estoy seguro de que este número resultará insignificante si incluimos todos los niveles de mujeres, desde la duquesa a la camarera; todos los poetas que hayan tenido un pequeño éxito, especialmente en el medio dramático, y todos los actores que hayan encontrado un pequeño grado de aprobación. Importando solamente............500

Por cuyo sencillo cálculo es evidente que serán sostenidas diariamente doscientas mil personas. La asignación necesaria para mantener esta colección de incurables es.......... 10.0000

De lo que resulta que el gasto diario ascenderá a una suma tal, que en 365 días llegará a............3.650.000

Y estoy plenamente satisfecho, puesto que una cantidad mucho mayor que esta puede ser reunida fácilmente, con toda la satisfacción posible al asunto, sin interferir en lo más mínimo con los ingresos de la Corona.

En primer lugar, una gran proporción de esta suma podría reunirse mediante la contribución voluntaria de los habitantes.

La población calculada de Gran Bretaña es muy poco menor de ocho millones, de los cuales podemos considerar, según un cálculo más moderno, que la mitad son incurables. Y como todos esos incurables, ya actúen en condición de amigos, conocidos, esposas, maridos, hijas, consejeros, padres, solteronas o solterones, son plagas inconcebibles para todos los que los conocen, y como no hay esperanza de ser aliviados de semejante plaga si no es por medio de ese hospital, que debería ser gradualmente ampliado hasta contenerlos a todos, me parece que no se puede dudar de que por lo menos tres millones y medio de personas entre las restantes se mostrarán tan capaces como deseosas de contribuir con una suma tan insignificante como veinte chelines anuales a la tranquilidad del reino, la paz de las familias y el crédito de la nación en general. Esta contribución nos llevaría muy cerca de la suma necesaria. Esto no puede considerarse bajo ningún concepto una conjetura extravagante. Porque, ¿dónde hay un hombre sensato, honesto, y de buena naturaleza que no ofrecería una cantidad mucho mayor para verse libre de una cascarrabias, un pícaro, un tonto, un mentiroso, un petimetre que repite fatuamente las composiciones de otro o de un vano poeta impertinente repitiendo las suyas?

En siguiente lugar, se puede suponer con justicia que muchos nobles, caballeros, hacendados y herederos extravagantes, con muy grandes fortunas, serían confinados en nuestro hospital. Y yo propondría que la renta anual de toda propiedad de un incurable particular fuese confiscada para uso de la Casa. Además de eso, habrá sin duda muchos viejos tacaños, regidores, magistrados, directores de compañías, templarios y comerciantes de todas clases, cuyas fortunas personales son inmensas, y que proporcionarían adecuado pago al hospital.

Por temor a ser mal entendido en este punto, apareciendo como promotor de un plan injusto u opresivo, explicaré todavía más detalladamente mi proyecto.

Suponed, por ejemplo, que un joven noble, dueño de diez o veinte mil libras anuales fuese accidentalmente confinado como incurable: yo sólo tomaría para el hospital la misma proporción de sus bienes que él mismo gastaría si estuviese en libertad. Y después de su muerte, las utilidades de su patrimonio serían entregadas regularmente al heredero legítimo inmediato, fuese hombre o mujer.

Mi razón para proponer esto es que bienes considerables, que probablemente serían dilapidados entre sabuesos, caballos, halcones, prostitutas, tahúres, cirujanos, sastres, alcahuetes, comparsas o arquitectos si se dejasen al gobierno de semejantes incurables, se volverían por este medio de alguna utilidad real, tanto para el público como para ellos mismos. Y quizá sea este el único método que se pueda encontrar para sacar de esos jóvenes manirrotos algún provecho real para su patria.

Y aun si a los bienes de los incurables se les permitiera descender hasta los herederos inmediatos, probablemente el hospital no sufriría un gran perjuicio, porque es muy posible que la mayoría de esos herederos también sea gradualmente admitida bajo una u otra denominación, y consecuentemente sus bienes pasarían nuevamente al uso del hospital.

En cuanto a los ricos tacaños y compañía, examinaría y calcularía escrupulosamente sus fortunas, porque si fuesen viejos solterones (como frecuentemente habría de suceder) sus propiedades íntegras serían confiscadas por el establecimiento; pero si estuviesen casados, yo dejaría dos tercios de sus bienes para sus familias, que consentirían generosamente en desprenderse del tercio restante, si no de más, con tal de liberarse de tan malhumorados y desagradables tutores.

De modo que, deduciendo de los doscientos mil incurables los cuarenta mil escritorzuelos, que seguramente serían hallados en muy malas condiciones, creo que entre los ciento sesenta mil tontos, pícaros y petimetres restantes, muchos serían hallados de grandes bienes y cómodas fortunas, como para producir, por lo menos, doscientas mil libras anuales.

Como refuerzo adicional para nuestra fundación, aplicaría un impuesto sobre todas las inscripciones en lápidas, monumentos y obeliscos erigidos en honor de los muertos, o en los pórticos y trofeos levantados en homenaje a los vivos, porque deben incluirse, natural y apropiadamente, bajo los rubros de mentira, soberbia, vanidad y compañía.

Estoy convencido de que si todas las inscripciones a lo largo de este reino fuesen examinadas imparcialmente, con ánimo de imputar aquellas que resulten ostensiblemente falsas o aduladoras, ni una quinta parte del total escaparía eximida después del escrutinio.

Mucho espíritu turbulento y ambicioso aparecería entonces calumniado con el opuesto título de amante de su patria, y muchos magistrados del Middlesex impropiamente descriptos como descansando en esperanza de Salvación.

Muchos usureros, desacreditados por los apelativos de honesto y frugal, y mucho leguleyo caracterizado como escrupuloso y equitativo.

Muchos estadistas y generales británicos, pudriéndose con mayor honor que con el que vivieron, y distinguidos sus restos con una reputación mejor que la que tuvieron cuando animados.

Muchos clérigos obtusos impropiamente titulados elocuentes, y muchos médicos estúpidos inverosímilmente titulados doctos.

A pesar de la extensión que tomaría un impuesto sobre esas inscripciones, sólo tendré en cuenta veinte mil, a cinco libras por año cada una, lo que da cien mil libras anuales.

También pediría al Parlamento de esta Nación que nos conceda el beneficio de dos loterías anuales, por cuyo medio el hospital ganaría doscientas mil libras limpias. Una petición semejante no puede parecer un recurso extraordinario, puesto que serían destinadas al beneficio de tontos y pícaros, que son la única causa de que ya se conceda una para este año.

Finalmente, agregaría la fortuna del caballero Richard Norton. Y para hacer todo el honor posible a su memoria, erigiría su estatua en el sector principal del hospital, o en cualquier otro que resultara más apto. Y en su monumento permitiría una extensa inscripción redactada por sus amigos más queridos, que quedaría libre de impuestos para siempre.

Esta suma de 356.000 libras sería aplicada a la construcción del edificio y a responder a los gastos eventuales de la manera que parezca más adecuada para promover el proyecto del hospital. Pero su administración total se dejaría a la habilidad y discreción de quienes sean designados sus directores.

Verdaderamente, puede resultar un trabajo algo engorroso encontrar un lugar cómodo, suficientemente amplio para una construcción de esta naturaleza. Hubiera pensado en cercar todo Yorkshire si no temiera que el lugar se vería atestado con tantos pícaros incurables de su propia producción que no quedaría el menor espacio para recibir otros; contratiempo que podría retrasar todo nuestro proyecto por algún tiempo.

Hasta aquí puse el asunto bajo la luz más clara de que fui capaz, de modo que todo el mundo pueda apreciar la necesidad, utilidad y practicabilidad del proyecto. Sólo agregaré unas pocas sugerencias sueltas, que no me parecen del todo inútiles.

Creo que el Primer Ministro del momento deberá contribuir generosamente a semejante fundación, porque su alta posición y méritos deben estar expuestos necesariamente a la envidia, el odio, la mentira y parecidos tipos de enfermedades. En consecuencia, proveerá anualmente al hospital de muchos incurables.

Desearía que los directores designados para gobernar este hospital mantuvieran (si tal cosa fuera posible) alguna apariencia de religiosidad y creencia en Dios, porque los que sean admitidos como infieles, ateos, deístas y librepensadores incurables —muchos de cuya tribu están sólo enfermos de soberbia y afectación— podrían quizá transformarse de a poco en creyentes, si perciben que esa es la costumbre del lugar en que viven.

Aunque no es común para los nativos de Irlanda encontrar ninguna clase de progreso en este reino, yo dejaría, en este asunto, el prejuicio nacional enteramente a un lado y pediría, por la reputación de ambos reinos, que un amplio sector del hospital sea preparado especialmente para los irlandeses que por pícaros, libidinosos o cazafortunas, aparezcan calificados para la admisión; porque su número sería verdaderamente considerable.

Pediría también que un padre que se muestre encantado al ver a su hijo transformado en un lechuguino o un petimetre porque ha viajado de Londres a París, sea enviado junto con el joven caballero al hospital, como viejo tonto, absolutamente incurable.

Si un poeta ha producido alguna cosa, especialmente en la línea dramática, que es tolerablemente bien recibida por el público, debería ser enviado inmediatamente al hospital, porque la vanidad incurable siempre es consecuencia de un éxito pequeño. Y si sus composiciones son mal recibidas, que se lo admita como escritorzuelo.

Y espero, en consideración a las grandes penas que me he tomado con este proyecto, que seré admitido como uno de los escritorzuelos incurables. Pero como favor adicional, imploro no ser ubicado en el mismo sector con un poeta que haya dedicado su genio a las tablas, porque me matará a fuerza de repetir sus composiciones. No necesito informar al mundo que es extremadamente doloroso soportar cualquier insensatez, excepto las propias.

Mi razón particular para solicitar tan tempranamente ser admitido es que está comprobado que los planificadores y proyectistas se ven generalmente reducidos a la mendicidad: pero gracias a mi manutención por el hospital —ya sea como escritorzuelo o tonto incurable— esa desalentadora situación será de una vez desaprobada por el público, y mis hermanos en aquel camino se asegurarán una recompensa a sus trabajos.

Confieso que me produce un alto grado de felicidad pensar que aunque en este breve tratado se hallan contenidos los caracteres de muchos miles de incurables, ninguno se sentirá ofendido, porque es natural aplicar caracteres ridículos a todo el mundo, excepto a nosotros mismos. Y me atrevo a decir que los tontos, pícaros, cascarrabias, petimetres, escritorzuelos o mentirosos más incurables de toda esta nación, enumerarán rápidamente el círculo de sus relaciones como adicto a esos trastornos, lejos de imaginarse a ellos mismos calificados para el hospital.

Espero de veras que nuestra sabia Legislatura considerará este proyecto seriamente y fomentará una fundación que ha de resultar de tan eminente ayuda a una multitud de súbditos inútiles de Su Majestad, y que puede, a su debido tiempo, resultar útil para ellos mismos y su descendencia.

Desde mi buhardilla, en MoorFields.

Agosto 1, 1733.

PENSAMIENTOS

Tenemos bastante religión para hacernos odiar, pero no la suficiente para hacer que nos amemos los unos a los otros.

¿Cómo es posible esperar que la humanidad haga caso de los consejos, cuando no está dispuesta a hacerlo de los escarmientos?

Cuando un verdadero genio aparece en el mundo, lo podéis reconocer por esta señal: todos los tontos se unen contra él.

Herodoto nos dice que en los países fríos las bestias muy raramente tienen cuernos, pero que en los cálidos los tienen muy largos. Esto podría dar lugar a una divertida interpretación.

Qué hacen en el Paraíso, no lo sabemos; qué no hacen, nos fue informado explícitamente: ni se casan ni son dados en matrimonio.

La razón por la cual tan pocos matrimonios son felices es que las jóvenes señoras pierden su tiempo en tejer redes, no en hacer jaulas.

La crítica es el impuesto que un hombre paga al público por ser eminente.

Venus, una hermosa señora de buen carácter, era la diosa del Amor; Juno, una harpía terrible, la diosa del Matrimonio; ambas fueron siempre mortales enemigas.

Los ancianos y los cometas han sido venerados por la misma razón: sus largas barbas y sus pretensiones de predecir los acontecimientos.

La mayoría de las diversiones de los hombres, los niños y otros animales son una imitación de la lucha.

Esto está excelentemente observado, digo cuando leo un pasaje en un autor, cuya opinión concuerda con la mía. Cuando diferimos, declaro que está equivocado.

Algunas veces leo un libro con placer, y detesto al autor.

La muerte de un hombre resulta generalmente de tan pequeña importancia para el mundo, que no puede ser una cosa de gran importancia en sí misma; y sin embargo yo no observo, a través de la experiencia de la humanidad, que la filosofía o la naturaleza nos hayan armado suficientemente contra los temores que la rodean. Ni encuentro ninguna cosa capaz de reconciliarnos con ella, sino el extremo dolor, la deshonra o la desesperación. Porque la pobreza, la prisión, la mala suerte, el pesar, la enfermedad y la vejez, generalmente fallan.

Puede resultar prudente que yo actúe a veces por la razón de otros hombres, pero sólo puedo pensar por la mía.

Podéis forzar a los hombres, por interés o castigo, a decir o jurar que creen. No podéis ir más lejos.

Hay cien probabilidades contra una de que un celo violento por la verdad no sea más que petulancia, ambición o vanidad.

La misericordia de Dios se derrama sobre todas sus obras, pero los teólogos de todas clases la disminuyen demasiado.

Es imposible que algo tan natural, tan necesario y tan universal como la muerte haya sido creado por la providencia como un mal para la humanidad.

Aunque la razón fue calculada por la providencia para gobernar nuestras pasiones, parece que en dos puntos de la mayor importancia para la existencia y la supervivencia del mundo, Dios ha previsto que nuestras pasiones prevalezcan sobre nuestra razón. El primero es la propagación de nuestra especie, puesto que ningún hombre sabio se casaría nunca bajo los dictados de la razón. El otro es el amor a la vida, a la cual, de acuerdo con los dictados de la razón, todo hombre debería despreciar.